少年陰陽師

しょうねん おんみょうじ

少年陰陽師 伍拾肆

沉滯之殿

おどみの殿でこころざせ

「少年陰陽師」出場人物介紹

【京城寢宮】

脩子

內親王，曾因神詔而長住伊勢。年紀雖小，卻是個聰明的公主。

彰子

左大臣道長的大千金，擁有強大靈力，現改名為藤花，服侍脩子。

風音

道反大神的女兒。原與晴明為敵，後來成為昌浩等人的助力，現以侍女「雲居」的身分服侍脩子。

藤原敏次

比昌浩大三歲的陰陽生，是最年輕的陰陽得業生。

【冥府】

冥府官吏

守護三途川的官吏，神出鬼沒。

榎岦齋

安倍晴明的朋友，原是個陰陽師，現在替冥府官吏做事，待在夢殿。

青龍

木將，四鬥將之一，從很久以前就敵視紅蓮。

天空

土將，外貌是個老人，統領十二神將。

六合

沉默寡言的木將，四鬥將之一，非常保護風音。

天后

水將，個性溫和、身段柔軟，隨侍在晴明身旁，照料晴明。

朱雀

與紅蓮同為火將，是天一的戀人。

太裳

土將，個性沉穩，昌浩小的時候，隨侍在成親身旁。

天一

心地善良的土將，朱雀稱她為「天貴」。

白虎

風將，體格魁梧壯碩，有時會採取肉搏戰。

【安倍家】

安倍昌浩

十八歲的半吊子陰陽師。
擁有強大靈力，陰陽師的才能在安倍家也是出類拔萃。
最討厭的話是「那個晴明的孫子!?」

安倍晴明（爺爺）

絕代大陰陽師，是昌浩的祖父。
身上流著天狐的血。
有時會使用離魂術，以二十多歲的模樣出現。

吉昌

昌浩等人的父親，天文博士。

成親

昌浩的大哥，是陰陽博士。
與妻子篤子之間有三個孩子。

露樹

疼愛昌浩等孩子的母親。

昌親

昌浩的二哥，是陰陽寮的天文得業生。

【十二神將】

紅蓮

十二神將中最強、最兇悍的鬥將，又名騰蛇。會變成「小怪」的模樣，跟在昌浩身邊。

小怪（怪物）

昌浩的最佳搭檔，長相可愛，嘴巴卻很毒，態度也很高傲，面臨危機時會展露神將本色。

勾陣

土將，四鬥將之一，通天力量僅次於紅蓮。

太陰

風將，外貌是約六歲的小女孩，但個性、嘴巴都很好強。

玄武

水將，與太陰同樣是小孩子的外貌，但冷靜沉著。

冷到快凍僵了。
在又黑又冷的沉滯之殿中。
懷抱著虛幻的夢。

1

天亮時停止的雨，過中午後又開始下了。

「越來越冷了……」

在連結中務省與陰陽寮的渡殿，停下腳步仰望天空的安倍昌親，皺眉低喃。

因為雲層太厚，才剛進入黃昏，周邊已經暗得像黑夜。

陰曆五月半明明還是盛夏，卻已經冷得像秋末的風，纏繞著昌親。

早上要換衣服來陰陽寮時，妻子千鶴幫他準備了秋天穿的單衣，現在的氣溫也讓他深切感受到妻子的那份用心。

因為太暗，所以皇宮裡到處都點燃了懸掛的燈籠、燈台。陰陽寮也不例外，直丁們都忙著準備燈。

「太暗應該很不方便……」

昌親拿著拜託直丁分給他的燈台用的新燈芯和燈油小壺，走到陰陽寮最裡面的倉庫，隔著木門叫喚：
「敏次大人，身體怎麼樣了？」
說完就聽見木門後面響起一疊紙張散落般的啪啦啪啦聲，還有像是捲軸的某種東西在地上骨碌骨碌翻滾的聲音。
昌親眨了眨眼睛。
「……」
在一陣尷尬的沉默後，終於有了回應。
「是、是……託您的福好多了。」
他強裝平靜，但仍掩不住慌張，嗓音有些激動。
被陰陽寮同僚囑咐要安靜休養的藤原敏次，不知道在倉庫裡做什麼。
大概猜得出一二的昌親，瞬間流露出無奈的眼神。
「可以請你開門嗎？」
「是、是！啊，不，可以請您再稍、稍等一下嗎？我、我現在的樣子不能見客！我馬上換衣服，請等一下……！」
總是沉著冷靜的他，難得如此慌亂。
推動什麼的啪答啪答聲和轉動什麼的聲音，聽得非常清楚，但是，昌親心想不要問他在做什麼，應該也算是一種體貼吧？

昌親決定不要把這件事告訴非常擔心敏次身體的陰陽部同僚們。

數完十幾下呼吸後，倉庫的門才猛然打開。

「讓、讓您久等了，對不起……」

氣喘吁吁的敏次探出頭來，表情倉皇。

「你的氣色不太好呢，不用躺著嗎？」

被昌親這麼一問，敏次眼神飄忽不定地點點頭。

「是的，我一直都躺著。所以，有人來看我，就能幫我解解悶。不過，躺著的時候會一直想，是不是可以讓我離開這裡，回到工作崗位了。」

昌親的視線越過敏次肩頭，略微環視倉庫內一圈。

敏次說自己一直躺著，但墊褥和蓋被卻整整齊齊地疊放在牆邊，與他的說法完全相反。

反而是應該整整齊齊排列在架子上的書籍、捲軸，顯得特別凌亂。卷數、排列方式都零零散散的，還有幾個捲軸只是捲起來而已，沒有綁上繩子。

注意到昌親視線的敏次，尷尬地垂下了頭。

「請……不要告訴大家……」

昌親苦笑著對無精打采的敏次點點頭說：
「我進來囉。」
倉庫裡比昌親想像中明亮，因為點著燈台。
「啊，那是早上一個同僚幫我拿過來的。」
同僚說怕他光躺著會無聊，所以替他帶來了幾本漢詩書籍和火種。
敏次感激地收下後，把墊褥、蓋被和漢詩書籍都堆到角落，再偷偷把陳列在同棟樓書庫架子上的陰陽書籍、圖、神器等東西搬來這間倉庫，在燈台的燈光下埋頭研究。
昌親望著那些明顯匆忙整理過的東西，苦笑著嘆口氣說：
「稍後我幫你詢問陰陽助或陰陽頭，看能不能讓你離開倉庫吧？」
冷靜下來的敏次驚訝地問：
「咦，真的嗎？」
「叫你乖乖躺著，你也不會躺著吧？」
敏次用力點著頭回答昌親說：
「是的！啊……不是，呃，我真的很感謝大家的關心，真的……」
同僚們的臉在敏次腦海裡縈繞。大家都以各自的方式關懷他，盡心盡力地協助他，其中當然不乏昌浩的身影。
昌親細瞇起眼睛說：
「放心，大家都知道。」
在撿回一條命的敏次完全復原之前，同僚們都會擔憂，放心不下。
吐血量大到驚人、心臟一度停止的敏次，好不容易活過來了，但是有一半的魂脫離身體，仍處於不能大意的狀態。
他才剛從那種狀態活過來沒幾天，所以，同僚們對他過度關懷的心情，也是可以理解的。
「對不起，我覺得在目前的狀況下，我不能一個人悠哉地休息……」
聽到沮喪的敏次嘟囔，昌親的身體有些緊繃。
「你是說……」
「我感覺死亡在昨晚來到了皇宮——」
敏次說出來的話，嗓音和內容都很沉重。
「！」
昌親沒料到他會說出那麼恐怖的話，忍不住倒抽了一口氣。
滂沱大雨和撕裂烏雲的紅色閃電，讓敏次產生不祥的預感。

他走出倉庫，聽見從寢宮方向傳來的尖銳慘叫聲。
就在那個瞬間，他感受到死亡的到來。
敏次對今天早上送東西來給他的同僚，不露聲色地提起這件事，才知道昨天夜裡有幾名侍女和雜役斷氣了。
聽說死去的人都患有劇烈咳嗽的疾病，夜裡病情突然惡化，邊咳嗽邊大量吐血，回天乏術，撒手人寰了。
敏次緊緊握起擺在膝上的手。
那是跟自己完全相同的症狀。
顫慄掃過敏次全身。只要稍有差池，他也會跟寢殿裡的侍女和雜役一樣，已經不存在於這世間。
他所在的倉庫，有好幾層結界守護。所以，他只要待在這裡面，身體就會順利復原，被疾病剝奪的生氣也會慢慢補回來。
但是，他原本不是受他人保護的人，而是保護他人的人。
不是因為他是敏次。
而是因為他是陰陽師。他認為身為陰陽師，就該那麼做。
「皇上所在的寢宮，應該有結界籠罩……」

敏次深思地往下說。

「卻連在離那裡很遠的這裡，都能清楚感受到，寢宮裡的人對疾病以及疾病帶來的死亡污穢的恐懼。」

即使待在有結界保護的倉庫裡，敏次還是知道無盡的不安、下一個說不定是自己的恐懼與恐慌等抑鬱的心情，正在逐漸擴散。

他能清楚感受到充斥寢宮，不，是充斥整個皇宮的陰氣沉滯。

忽然，敏次把視線拋向皇宮裡的寢宮中心，說：

「這樣下去……簡直就像……皇上所在之處正逐漸被冰冷恐怖的沉滯吞噬……」

昌親愕然倒抽一口氣。

「我無法抹去……強烈的恐懼……」

這是敏次不禁脫口而出的真正心聲。

聽見刺耳的尖銳慘叫聲後，敏次聽著雨聲，在半睡半醒中不斷作著可怕的夢。

夢見比夜晚更黑暗的水濱，還有自己瀕死時看見的那個聳立在黑暗裡的大磐石。

彷彿光碰觸就會凍傷、光吸入就會窒息般的風，從大磐石後面流瀉出來，有某種可怕的東西一個接一個隨風到來。

陰氣沉滯，可怕的東西到處鑽動。
呆呆佇立在黑暗中的敏次，眼睛眨也不眨地注視著那樣的光景。
他想著必須阻止它們，心裡著急，卻無法如願，連一根手指都動不了。
顫抖的嘴唇好不容易才發出嘶啞的聲音。
「沉滯……之……殿……」
冒出來的話是沉滯之殿。
為什麼會冒出那樣的話，敏次完全不知道，但覺得這裡就是沉滯之殿。
死亡將至。死亡將帶來某些東西。
從那個大磐石後面，帶來可怕的風，帶來可怕的沉滯。
不，也許不是。
也許不是帶來，而是帶走。
被擊潰、筋疲力盡、失去希望的心，會陷入沉滯裡，被帶去那個殿堂，被帶去殿堂的後面，被帶去大磐石的後面。
死亡將會帶走——某種東西。
「……」
胸口彷彿被無法形容的恐懼凍結。

如果就那樣待在夢裡沒醒來……

想到這樣，敏次的背脊就掠過一陣寒意。

如果就那樣被沉滯絆住，會被可怕的東西發現、被抓走……

「……——……！」

然後，從那顆大磐石後面，出現更可怕的嚴靈——。

「敏次……大人……敏次大人。」

有人在他耳邊叫喚，搖晃他的肩膀。

「唔……！」

敏次倒吸一口氣，眼睛宛如剛清醒般，連眨好幾下。

眼前是憂心忡忡的昌親。

「你怎麼了？突然不說話……」

「沒……沒什麼……對不起……」

不知不覺中，冒出了一身冷汗。

他想用手背擦拭額頭上的汗水，才發現冷得嚇人的指尖在微微顫抖。

努力做個深呼吸，冷颼颼的涼意就爬上了背脊。

敏次對自己突然變成這樣感到疑惑，昌親則有點緊張地對他說：

「剛才你的心飛到其他地方了……你是不是碰觸到非常強烈、駭人的陰氣？」

「……」

敏次瞪大眼睛，輕輕點頭。

恐怕是那樣沒錯。他把意識轉向那個夢裡的地方，心就飛去那裡了。

昌親深深嘆了口氣。

「你的心跳曾經停止過，所以，可能變成魂容易出竅的體質了。」

「怎麼會……」

敏次瞬間臉色發白。

「或許只有剛才那一次，但是……你還是在這個結界裡多待幾天會比較安全。」

「可是，不該只有我一個人受到保護……！」

在敏次這樣受保護時，陰陽寮的人一定也正在盡全力祓除落在皇上身上的病根。

敏次握緊了拳頭。

被施加停止時間的法術時，敏次作了不可思議的夢。

夢見自己成為皇上的替身，死掉了。

在夢裡，敏次保護了皇上、救了皇上。

然而，那僅僅是夢。

即使不僅僅是夢，敏次也已經從夢裡醒來了。

在現在活著的這個地方，他有不惜犧牲生命也必須去做的事，比在夢裡做任何事都重要。

那就是保護身為這個國家的神靈替身的皇上，保護皇上的龍體、生命。

他的命曾經失去過，是別人幫他撿回來、幫他救回來的。

所以，此刻他再次下定決心。

「正因為是大家幫我撿回來的命，所以，我想做有意義的事。希望可以盡快回到工作崗位，跟大家一起盡全力為皇上做事，懇請昌親大人幫忙。」

敏次極力訴說，深深低頭懇求，昌親不知該怎麼回答，只能沉默不語。

他不禁想，如果這時候大哥在就好了。

不是因為想知道陰陽博士的判斷，而是因為大哥能體察對方的想法，作出裁量，讓對方在最適合的場所發揮長才。

昌親無法說出敏次想聽的話，因為那不在他的職務範圍內。

周遭一片沉重的靜默。

原本聽不見的雨聲，開始強烈響起。

半晌後，態度先軟化的人是昌親。

「我去問問陰陽頭，你等我消息。」

猛然抬起頭的敏次，眼睛閃閃發亮。

「昌親大人……！」

「不要高興得太早，如果陰陽頭和陰陽助不答應，你就不能離開這裡。」

「是，我知道！」

昌親想說你根本不知道吧？但話到喉嚨就嚥下去了，只發出嘆息聲。

他不懂經歷九死一生回來的人，為什麼都這麼不要命，可以貿然去做危險的事，包括他的弟弟在內。

「真是的……你若是有什麼三長兩短，還是有人會為你哭泣啊。」

昌親不禁說出百般無奈的話，敏次則皺起眉頭說：

「沒錯……我一直讓父母為我的事煩惱……」

「不、不，我是說除了父母之外。」

昌親反射性地回應，敏次點頭表示同意。

「啊……是的，行成大人一定會為我擔心……」

「不是……呃……其他人呢？」

昌親不由得低聲詢問。

二十多歲的老實年輕人，似乎對昌親的詢問感到困惑，合抱起雙臂。

「其他人……其他人……」

沉吟好一會後，敏次眨個眼，開口說：

「或許行成大人的千金會吧？」

「千金……」

昌親眨眨眼，沒來由地鬆了一口氣。

「我的意思是，有沒有人會等著你回來……」

說到這裡，昌親想起了一件事。

藤原行成的千金，應該是跟自己的女兒同年。

自己的女兒梓是六歲。

「行成大人的千金……？」

被昌親好奇詢問的敏次，難得放鬆表情，細瞇起眼睛。

「是的，她可能是因為母親過世，所以很寂寞吧。每次我登門造訪，她都會纏著我，要我說陰陽寮發生的事。」

敏次說的話有時候很專業，他並不認為千金能聽得懂。

但是，看到千金聽得津津有味、開心的樣子，他就覺得好可愛。

「她還會為我準備美味可口的東西，讓我不禁冒昧地想，如果我有妹妹應該就像她那樣吧……」

「……」

昌親面對瞇著眼睛訴說千金的事的敏次，露出欲言又止的神情。

他想起這個生性耿直的年輕人，向來忠於職務，有著堅定不移的信念，因此整天聚精會神在求學、修行上。

昌親是在跟敏次差不多年紀時結婚的。敏次已經到了結婚年齡，卻從來沒有思考過那方面的事。

敏次家裡只有他一個孩子。原本有個年紀差很多的哥哥，但是，很久以前去世了。

現在他還年輕，以求學和修行為優先也還好。

但是，儘管事不關己，昌親還是有點替他擔心。

敏次卻完全沒察覺到昌親正在擔心他未來的人生，滿臉認真地搖著頭說：

「我不能這樣待著。我總覺得那片沉滯會遍及全京城，不只皇宮。」

到時候很可能會殃及父母、尊敬的行成和那個可愛的千金。

「昌親大人，請務必幫我向陰陽頭、陰陽助說情。」

昌親嘆口氣，對雙手伏地叩首的敏次說：

「我不能保證做得到，你要有心理準備。」

「是。」

再次低頭致謝的敏次，忽然把頭一偏說：

「對了……」

「怎麼了？」

起身準備離去的昌親，停下腳步，轉過身問。

「陰陽博士……成親大人一直沒來陰陽寮嗎？」

昌親猛然屏住了氣息。

「嗯……他可能好一陣子都不會來了。」

昌親的表情瞬間有點僵硬，但敏次沒有發現。

「是嗎？那麼，我更必須早點回到工作崗位。」

敏次不認為區區自己就能填補安倍成親的空缺，但是，他相信有自己在總比不在好。

昌親一出倉庫，就看到陰陽寮的寮官端著托盤走過來，上面擺著碗。

「啊，昌親大人。」
昌親讓路給停下來行禮的寮官，張口問：
「這是給敏次大人的藥湯吧？」
「是的。不論我們怎麼說，他都不肯好好休息，所以，我們請典藥寮替他做了特別苦的藥湯。」
也有人建議，乾脆下藥讓他睡著。但是，有人出來制止，認為那麼做太過分。最後決定使用特別苦的藥，增強滋補的藥效。
「我們是擔心他才唸他，他卻絲毫不能理解……」
昌親打從心底同意苦著臉的寮官說的話。
「面對耿直、不知變通的人，真的很辛苦。」
「就是啊……對不起，我失言了。」
寮官想起是在跟身分比自己高的人說話，慌忙賠罪。
揮揮手表示不用在意的昌親，才跨出步伐，背後就響起倉庫木門開啟的聲音。
「啊！喂、你……！」
「等等，先聽我說、先聽我說。」
聽到震耳的斥責聲、辯駁的申訴，昌親苦笑起來，仰頭望向沉沉低垂如黑夜般昏暗的黑雲。

雨勢不斷增強。隨著雨勢增強，周遭的陰氣也盤據得更深更濃，感覺正逐漸沉滯堆積。

敏次所說的沉滯之殿，用來形容這個狀況十分貼切。

殿堂也是處所，有居所、御殿、宮殿之意。

沉滯之殿的稱呼，很適合陰氣沉滯的皇宮。

「大哥……」

昌親低聲叫喚，咬住嘴唇。

大哥拋下了這種狀態下的陰陽寮、皇宮，甚至最重要的家人。

究竟跑到哪裡去了？

◆　◆　◆

過午才開始下的雨，隨著時間流逝，越下越大。

進入緊閉的房內，掀起上板窗觀看天空的模樣，就看到近黑色的雲捲起漩渦，落下強烈的雨滴。

潮濕的風吹進房內。

走到外廊，在板窗前動也不動地仰望天空時，妻子從裡屋走進房內。

男人擔心地叫喚她說：

「妳不躺著行嗎？」

他們是結婚好幾年的夫妻，有兩個孩子，其中一個已經不在人世。

妻子緩緩轉向他，微微一笑。看到妻子又瘦了，讓他很心疼。

「沒事……你在替房間通風嗎？」

「是啊，他好像還不能回來。」

「希望他能好好休息……」

男人對眉頭緊蹙的妻子苦笑說：

「他有達官貴人照顧，妳不用擔心，好好休息。」

稍後男人必須外出值夜班。

把身體孱弱的妻子一個人留在家裡，他很擔心。尤其是這種天氣，會讓人心情鬱悶，所以他不能不擔心。

現在是夏天，卻異常寒冷。烏雲又沉沉低垂，一片昏暗。

男人再三囑咐妻子，多少要吃點滋補的東西、盡可能保持暖和、好好躺著，囑咐完才出門。

乖乖聽從囑咐躺下來的妻子，對過度擔心自己的丈夫感到內疚，也覺得自己很沒用。

最近老是夢見以前的事。已經是無法挽回的事了，那個夢卻還是會擴大她的後悔與悲傷，攪亂她的心。

每次夢見，都會讓她陷入憂鬱、心情沉重緊繃，越來越下不了床。

都已經是十多年前的事了。

現在卻還是會不由得想——

會不會一切都是惡夢？會不會他就快推開那扇門，對自己說他回來了？

那是不可能的事，她卻無法捨棄願望、希望。

從失去的那一天起，她的心底深處就有個冰冷沉滯的場所。

那是無論如何都不會消失的名為絕望的沉滯之處。

因此，為了暫時忘記絕望、逃避絕望，她懷抱著虛幻的夢。

悄悄作著不可能實現的夢。

「……」

其實，一切都是惡夢，總有一天會醒來。只要脫離惡夢，回到現實，失去的人就會回來。

她一直抱著這種虛幻的夢，沒有告訴任何人。

雨聲淅瀝。不知不覺中，雷鳴已經落在很近的地方。

閃過格外響亮的轟隆聲，她反射性地閉上眼睛、摀住耳朵。

她怕打雷。據說，雷是神鳴，代表神威，所以可怕。

轟隆隆的雷聲逼近。

她摀著耳朵，突然想到，說不定會實現？

真的是突然想到。

「既然是神……或許就能……實現……」

她喃喃自語，聲音恍惚，沒有抑揚頓挫。

只聽見雨聲和雷鳴。

如劈開剛砍下來的木柴般，特別響亮的啪哩啪哩劇烈聲響落下來，連躺著的背部都能感覺到震動。

誇張的巨響把她嚇得瑟縮起來，高高懸起的心臟開始撲通撲通劇烈狂跳。

「落在……附近……」

忽然，她感覺地面微微震動。真的是非常微弱，是那種不太會察覺到的輕微搖晃。

太稀奇了，京城竟然會發生地震。

「……？」

她眨眨眼，覺得有個聲音掠過耳朵。

側耳傾聽，可以聽見迅雷與雨聲之外的聲音。

她震顫著眼皮，緩緩起身。

那是踩過木板的微弱傾軋聲。

是腳步聲。

「唔……！」

她張大眼睛，屏住氣息，聽出那是熟悉的聲音。

不可能、絕對不可能。

然而，那不就是很久以前已經失去的腳步聲嗎？

不可能聽錯。她的耳朵很好，從來沒有聽錯過所有家人的腳步聲。

不可能忘記。她願意付出任何代價，只求能再聽見一次，為此曾多次哭倒在夢裡，醒來後又繼續落淚。

每作一次夢，胸口深處就沉沉凍結，逐漸形成總是冰冷沉滯的黑暗之殿。

響起木門開啟的聲音，用來防止暖氣外溢的帳幔架的帳幔開始搖曳。

雷是神鳴。雷是神威。那麼，願望是不是會實現呢？

雷是不是會幫她實現呢？不惜扭曲哲理、破壞這世間的規矩。

嚴靈——那個紅色嚴靈會不會呢？

木門半開著。劃破烏雲的閃亮紅色雷光，紅紅黑黑地照亮了屋內。

掀開帳幔的黑色身影，彷彿纏繞著冰冷的風。

是個戴著烏紗帽的年輕男子。

完全看不見那張因逆光而形成陰影的黑臉，她卻知道他正在微笑。

「啊……」

哆嗦的嘴唇才發出聲音，淚水就跟著掉下來了。

「你……終於回來了……」

她伸出顫抖的手，那個身影呈現微笑形狀的嘴巴就動了起來。

「總算——如願以償了。」

「啊……！」

與記憶分毫不差的溫柔聲音，輕輕拂過耳朵。

紅色閃電擴及視野，整個世界都被染成血一般的顏色。

黑色男子跪坐在墊褥旁，對她說：

「請放心。」

紅色閃電照亮男子的側面，陰影消失，浮現出鼻梁輪廓。

「我回來了。」

男子把手輕輕搭在她肩上，她再也忍不住了，雙手掩面哭泣。

「嗚……嗚嗚……嗚……！」

「您曾祈求讓我回來吧？……母親。」

異常平靜的叫喚，被霹靂雷聲掩蓋了。

紅色閃電照亮了男子的臉。

那雙眼眸只看到塗了黑漆般的黑色。

◆　◆　◆

2

工作結束的鐘聲一響起，昌親就退出了陰陽寮，去參議藤原為則的府邸。

心裡頭抱持著「或許」的縹緲希望。

然而，看到出來迎接的侍女們，以及氣喘吁吁跑出來的姪子、姪女失望的眼神，他就知道希望破滅了。

「叔叔，歡迎光臨。」

國成以禮數周到的開場白迎接，在他旁邊垂著頭的忠基嘰嘰咕咕地說：

「歡迎光臨。」

坐在國成另一邊的千金難過地說：

「我還以為是父親呢……」

看到弟弟妹妹沮喪的樣子，國成豎起眉毛教訓他們：

「喂，你們兩個對叔叔太沒禮貌了，快道歉！」

忠基和千金隔著哥哥的身軀互看一眼，不情願地低下頭說：

「對不起。」

「不……」昌親強忍住苦笑，灑脫地點著頭說：「不用介意……我是來告訴你們，你們的父親還不能回來。」

「那麼……不能買水果回來了。」

連國成都難掩失望地低聲嘟囔。

「呃……我可以去買……」

聽到叔叔這樣的提議，國成搖搖頭說：

「不，必須是父親買的水果才行。」

「這樣啊。」

「是的……母親只要吃父親買的水果……」

國成滿臉愁容。

「聽說母親從早上就沒有進食……我拿了一些水果去，但是……她還是沒吃……」

國成的聲音越來越虛弱，語尾都快聽不見了。

昌親望向在廂房待命的侍女們。她們負責照顧孩子們，昌親跟她們也很熟。

她們都默然搖頭。
看來大嫂的狀況比昌親想像中還糟糕。
昌親猜測大嫂恐怕是察覺到什麼了，也許不清楚詳細情況，但本能讓她產生了不安。
那是與身為弟弟的昌親不一樣的夫妻羈絆。
沉默好一會的國成，像要甩開什麼似地用力甩甩頭，開口說：
「叔叔，我想拜託您一件事。」
「嗯，什麼事？」
昌親偏頭回應，國成則正經八百地接著說：
「我父親小的時候是什麼樣子呢？」
大感意外的昌親，目不轉睛地盯著姪子。
「我哥哥小的時候……？」
「是的。」
國成點點頭，欠身向前說：
「我在想，如果聊些母親不知道的關於父親的事，母親說不定會比較有精神，而且……」

有點支支吾吾的國成，臉上瞬間閃過靦腆的表情。

「我們……也想聽父親的事。」

當然，等成親回來，就可以直接聽他說。但是，國成想聽別人說父親的事。

身為弟弟的昌親，是最適合做這件事的人選，因為打從出生以來，他就跟成親生活在一起。

國成原本想，有機會的話，要去安倍家，聽安倍家的祖父母說父親的事。

但是，母親臥病期間不能去。在父親回來之前，寸步不離地保護母親和弟弟、妹妹，是他的任務。

要等母親好起來，肚子裡的孩子也平安生下來，他才能去安倍家。

國成和分別坐在他左右邊的忠基、千金，都緊緊抿住嘴唇，滿臉認真。

昌親依序看著三人的臉，合抱雙臂，開口說：

「國成……你幾歲了？」

「十歲。」

「九歲。」

「七歲。」

次男和長女也跟著長子回答。

昌親微笑著點點頭。

「這樣啊，回想你們父親十歲的時候……」

回憶往事的昌親，細瞇起眼睛。

成親與昌親相差兩歲。

成親十歲的時候，昌親八歲。

那是祖父晴明剛過六十歲沒多久的時候。

◇ ◇ ◇

那個祖父其實不是人類。

那麼，是妖怪嗎？好像也不是妖怪。

像是人類又不是人類；像是妖怪又不是妖怪。

他們的祖父安倍晴明，就是這樣的人。

「我們的父親是我們爺爺的次男……」

安倍成親像是在確認般喃喃低語。

他有幾個堂兄弟。他自覺跟節慶時都會見面的堂兄弟們感情還不錯，對方應該也是這麼想。

但是，在血緣的感情之外，他們經常抱持著競爭意識。

因為他們全都是那個安倍晴明的孫子。

伯父、父親也都因為那個祖父，吃盡了苦頭。

既然那個苦頭沒有在伯父、父親那一代結束，就不難想像會在孫子這一代發揮更猛烈的威勢。

「哥哥，你在做什麼？」

小兩歲的弟弟昌親盯著成親的手。

書桌上有張攤開的紙，成親在那上面寫著祖父、伯父、堂兄弟、父親、自己和弟弟的名字。

祖父晴明的名字寫在最右邊，吉平和吉昌的名字縱向排列在左邊。再從兩人的名字拉出一條線，吉平那條線的前方寫著堂兄弟們的名字。

吉昌那條線的前方，當然是寫著他們自己的名字。

「這是……我們家的家系圖吧？」

「是類似那樣的圖，但還不到家系圖那麼正式。」

成親邊說邊換了一枝筆，用朱墨在晴明的名字下面寫上四個字。

十二神將。

原本想從那裡再拉出一條線，但空白處的空間不夠寫入十二個名字，所以忍痛放棄了。

「嗯～嗯……」

擱筆的成親合抱雙臂，面有難色，低聲沉吟。

端坐在旁邊的昌親，用不解的眼神注視著哥哥。

「哥哥？」

成親看著弟弟說：

「你的占卜術比靈術厲害吧？」

突然被那麼問，昌親疑惑地點點頭。

「我想是吧，應該是。」

因為是安倍家族的人，所以昌親的靈力也遠遠勝過一般人。但是，在安倍家族裡，那只是被評為還不錯、還可以的程度。

不過，安倍家族的靈力標準，本來就不尋常。

因為祖父安倍晴明的身上流著妖怪的血。

繼承安倍血脈的他們，有曾祖母的遺傳，靈力可比非人類，是有點像怪物的非人類通天力量。

安倍家族的人都知道，世上的人都這樣議論他們。

但是，實際上，他們並沒有人們謠傳中像怪物般的非人類通天力量，只是靈力比一般人強一點點，或者可能強很多、強非常多而已。

兩個兒子都沒有遺傳到祖父龐大的靈力。雖然，兩人都有與生俱來的強大靈力，但是都只在人類的範疇內。

到孫子這代，那股靈力稍微增強了。若是只論靈力，成親和昌親恐怕都超越了父親。

成親又強過昌親。

而且，成親的靈力似乎也比伯父家的堂兄弟們都強。

他開始隱約察覺這件事，是在父親、祖父開始教他陰陽術的時候。應該是三歲左右，行「著袴儀式」的時候。

同時，在這一年，他開始跟隨十二神將學習武術入門。

對成親他們來說，或許沒有簡單到可以稱為「入門」，但是，神將們已經非常酌情在教了。

剛開始修行的前幾年，他們只學基本知識與傳承，滿五歲後才開始實際接觸法術和咒具。

神將們為他們安排的修行，也是從那個時候開始變得非常嚴苛，成親好幾次都覺得「啊，死定了」，但幸好都沒死成。

儘管如此，成親還是要拚命跟上祖父和神將們的步調，自然有他的理由。

「十二神將要連到哪裡？」

昌親天真地問，成親裝模作樣地回說：

「該連到哪裡呢？」

「？」

成親邊思索措辭，邊向滿臉疑惑的弟弟說明。

「爺爺還健在。」

「是的。」

「六十歲以後，看起來更有活力了。」

「是……是啊。」

昌親回想所有記憶中的過去，覺得哥哥說得沒錯。

「他應該會活到七、八十歲吧。」

「咦?」

昌親先是瞪大眼睛,然後露出贊同的表情。

「啊……應該會吧,因為是爺爺。」

「對吧?你也這麼覺得吧?」

因為他既是人也不是人,既是妖也不是妖,屬於兩者之間。

長壽到不合常理,也不奇怪。如果沒活那麼長,肯定是哪裡出了問題。

安倍晴明的存在,就是與一般人不同,才會讓親生孫子們不由得那麼想。

而有些東西,只有那麼特別的存在才配擁有。

那就是十二神將——式盤上記載的神。

他們是跟隨安倍晴明的式神,也是成親和昌親的武術入門老師。

因為是親人,所以沒辦法知道得很清楚,但是成親認為自己的預測應該不會錯。

晴明的兩個兒子都不會比父親先死,但是,壽命都不會像父親那麼長。

他當然希望祖父能夠長壽,但是,祖父根本已經超出常規,與其說像是怪物,還不如去掉「像是」兩個字,更接近實情。

總之,祖父的存在完全不能套用於這個時代的平均壽命,所以,想追求他擁有的東西，是根本上的錯誤。

「爺爺再厲害，也不是不死之身吧……應該不是。」

「……」

昌親以沉默回應不敢下定論的哥哥。如果哥哥說是不死之身，他覺得自己恐怕也會同意。

「我們的靈力可能比父親和伯父都還強吧。」

昌親點點頭。他覺得自己跟父親差不多，但是，哥哥的確勝過他們。

「如果不是我自戀或判斷錯誤，堂兄弟中實力最強的人應該是我吧？」

聽到哥哥這麼大膽的發言，昌親把眼睛張大到不能再大。

他在大腦裡一一回想在伯父家見過好幾次面的堂兄弟們的臉，還有他們的能力。

回想大半晌後，昌親鄭重地開口說：

「應該是……」

聽到昌親表示贊同，成親顯然鬆了一口氣。

「是嗎……既然你這麼說，應該就是。」

這個弟弟雖然仰慕自己，但是，他的個性是不對的時候一定會說不對。

既不會自以為是也不會有所偏頗，可以做到實事求是。

他們兩個都一樣，動不動就會被父親、祖父、神將們糾正、訓斥，要他們做到實事求是。
不要做錯、不要犯錯。
所以，成親相信弟弟的話。
也因此更加確定一件事。
「跟隨爺爺的式、已完成法術的維持、儀式、職責，以及其他種種，如果哪天必須有人繼承，那就是……」
他不知道神將以後會怎麼樣，但是，他知道身為陰陽師的祖父，目前所背負的東西，大半會有人繼承，或者必須讓某人繼承。
萬一無法如願，就要傳承下來，託付給未來的某人。
在可託付之人出現前，傾注全力做好層層布局，以免發生災難，也是陰陽師的職責之一。
但是，祖父是擁有那等本事與靈力的陰陽師，所背負的職責十分龐大、沉重、棘手、無人能比，簡直就是非比尋常。
對成親來說，十二神將就是非比尋常的象徵。
「就是我吧……」

才說完，身體就無預警地哆嗦起來，雞皮疙瘩瞬間撫過肌膚表面。是他自己說出來的言靈，撼動了自身的靈魂。

「不過呢，我付出了最大努力雖然可以做到某種程度，但是恐怕很難達到爺爺那種一人人外魔境的境界。」

昌親不由得眨眨眼睛。

「一人人外魔境……」

多麼絕妙的形容啊，但是，他可以表示贊同嗎？

還是希望祖父是人類的昌親，難以壓抑複雜的心情。

但是，他也不是不能理解哥哥的說法。若是被要求做得跟祖父一樣好，這世上恐怕沒有人做得到吧？

他們的祖父畢竟是被稱為曠世大陰陽師的安倍晴明。

沒錯，他們身上都流著那個安倍晴明的血。

所以，世人一定會對他們有對祖父同樣的期待。

那樣的期待伴隨著十分沉重、令人窒息、隨時可能被壓垮的危險。

昌親看著合抱雙臂、滿面愁容的哥哥，突然想起一件事。

原來如此。

難怪他出生時就擁有比任何堂兄弟都強的靈力。

由其他任何人背負，都可能被壓垮。

但是，由目前實力最強的他背負，可能不會被壓垮。

只要他能從現在起下定決心，熬過千辛萬苦的修行，瘋狂地磨練自己。

說不定就能背負起來。

而且，即使會被壓垮，他也不想讓昌親或堂兄弟們背負。

「……」

昌親百感交集，整張臉糾結起來。

這個哥哥就是這麼善良、重感情、深思熟慮的人，真的非常愛這個家、愛所有血脈相連的親人。

所以，他可以賭上自己的人生。

「繼承爺爺啊……」

在不是說給任何人聽的低喃後，成親閉上了眼睛。

說出口，才發覺若是心裡有聲音說不可能，自己就會覺得確實做不到。

但是，來自他心裡的答案並不是那樣。

既然覺得說不定做得到，表示自己具有做得到的可能性。

沒道理不做做看。自己身上流著安倍晴明的血，是千真萬確的事。

「嗯，好……」

再抬起眼皮時，成親露出了心意已決的表情。

「我不可能一開始就達到一人人外魔境的境界，但是，剛開始我會努力做到，讓大家說我不愧是安倍晴明的孫子。」

昌親端正坐姿，對握緊拳頭的成親說：

「那麼，我會讓自己在哥哥成為爺爺的繼承人時，可以成為左右手。」

滿臉驚訝的成親，先是張大了眼睛，然後綻開微笑。

「拜託你了，弟弟。」

「好。」

「可是……」

忽然，成親露出了若有所思的眼神。

「如果……如果哪天，出現了實力比我更強的人……」十歲的成親對驚慌失措的弟弟說：「如果有那麼一天，我們就成為那個人的左右手吧。」

安倍晴明的繼承人這個任務，就是這麼重要。

所以，要盡量減輕那個人的負擔。

如果有那麼一天；如果真的有那麼一天。

如果那一天真的到來。

成親說，或許，那就是生為安倍晴明的孫子的我們的使命。

昌親點頭表示同意哥哥說的話。

其實，他是想著那一天一定不會到來，但是，既然哥哥那麼說，他就順了哥哥的意。

從那天起，他們兩人都更致力於修行。

每天都有很多東西要學、要記，所以過了幾個月後，他們兩人就把那天說的話和約定全忘得一乾二淨了。

儘管忘光光了，兩人還是竭盡全力不斷精進。

然後，不知何時，人們開始傳言安倍晴明的繼承人應該就是成親。

◇　◇　◇

3

看不見應有的未來。
看不見深信會有的未來。
無論如何，就是看不見希望會有的未來。
所以，
為了看見看不見的未來……

篤子感覺風在流動，緩緩張開了眼睛。
倚靠著憑几，不知不覺就打起盹來了。
是一股涼意喚醒了她。

現在是什麼時刻呢？感覺十分昏暗。

「啊……」

發覺外衣從肩膀滑了下去，篤子慌忙拉上來。只穿著單衣的肩膀，冷得受不了。

「這樣不行。」

她總是在大起來的肚子上蓋著棉衣，以免受寒。但是，手腳冰冷，氣血也會冰冷，這麼一來，血液循環就會不好，對胎兒造成不良影響。

現在是盛夏，指尖卻冷得像泡在水裡。應該是因為氣溫太低，但是，夏天冷成這樣也太異常了。

是不是該叫人拿溫石來，或是在火盆裡加點木炭呢？

正想著這件事時，聽見了聲響。

往後看的篤子，張大了眼睛。

她看到有張臉，正從帳幔架的縫隙往她這裡瞧。

「你……！」

好久不見的篤子的丈夫，露出「糟糕！」的表情，躲到了帳幔後。

「啊，等等……」

急忙想站起來的篤子，腳被蓋在肚子上的棉衣絆住了。

體力因長期臥床而比想像中衰退許多的她，撐不住自己與胎兒兩人的重量，身體搖晃，雙手抵在墊褥上。

肚子受到輕度衝擊。

「啊……！」

篤子臉色發白，用兩手抱住肚子。

這時候，她的丈夫從帳幔架後面衝了出來。

「妳沒事吧！」

抬起頭的篤子，看到丈夫大驚失色的臉，頓時沒了氣勢。

她連眨好幾下眼睛，喘口大氣，垂下肩膀點點頭。

「嗯，我沒事，只是受到一點驚嚇。」

「是嗎？」

這麼回應的丈夫，宛如要清空肺部般，吐出又深又長的一口氣，然後在墊褥旁盤腿而坐。

「妳懷著孩子，不要打盹嘛。」

這是關心的話，篤子卻莫名地怒上心頭。

「你覺得該怪誰呢？」

聽到脫口而出的抱怨，丈夫挑起單邊眉毛說：

「難道要怪我？」

「是啊，究竟是誰沒有任何通知就好幾天都不回來呢？」

語氣變得酸溜溜。她並不想說那種話，卻無法熄滅已經點燃的導火線。

「你不只讓懷孕的妻子擔心，還讓她對年幼的孩子們撒謊，說父親因為工作的關係，不知道什麼時候才能回來。」

面對咄咄逼人的篤子，丈夫心虛地插科打諢說：

「妳也知道嘛，我有時候不能說是什麼工作，也不能說要去哪裡，這種狀況孩子們也都知道啊。」

他說的話都有道理。這種狀況以前也有過很多次，她也都是這麼告訴孩子們。陰陽寮的陰陽師，有時會深深牽涉到殿上人的人身安全或政治，所以很多時候篤子不會知道詳細內容。

這些篤子都能理解，卻還是按捺不住火氣。

「我當然知道！但是，知道又怎樣，寂寞就是寂寞嘛！」

滔滔不絕的篤子，看到丈夫眨了一下眼睛，猛然回過神來。

「哦！」

丈夫盯著篤子，嘟囔一聲，細瞇起眼睛。篤子慌忙把臉撇開，但是太遲了。

「原來如此，是這樣啊，那就是我的不對了。」

「你在說什麼？」

「沒什麼，只是妳難得這麼坦白……」

「那只是打個比方！」

羞得無地自容的篤子，不由得打斷丈夫的話，轉過身去。

把快要滑落的外衣拉到肩上的動作，不禁變得粗暴。

明明很高興丈夫平安歸來、明明終於放心了，卻因為超越那種心情的焦躁和害羞，讓她無法正視丈夫的臉。

垂下頭緊緊抿著嘴的篤子，沒多久就察覺到自己的失態。

怎麼辦？這樣下去，在自己消氣之前，丈夫一定會保持沉默，或是留下一句話，就去看孩子們了。

篤子很清楚自己的脾氣，而她的丈夫恐怕比她更清楚她的脾氣。

平時，即使錯在篤子，丈夫也會讓步，但今天卻完全沒有那種意思。

焦慮的篤子，感覺背後有股強烈的視線。她的丈夫似乎默默注視著她。

你不要沉默，說點什麼嘛！她不禁這麼想著，湧現苛責丈夫的心情，壓也壓不住。
她向來就是這樣，總是這麼我行我素。
丈夫寬宏大量，對她、對孩子們都極其溫柔，用深情包容他們，所以把她寵壞了。
其實，她也希望自己能更坦白一點。
可是，又不好現在主動讓步，她無法可想，不知如何是好。
就在這一剎那。
「啊……！」
篤子突然屏住氣息，微微張大眼睛，雙手輕輕抱住了肚子。
「動了……」
喃喃說完，就覺得胎兒又動了。
篤子把眼睛張得更大了。肚子都這麼大了，這孩子最近卻很安靜。其實她一直很擔心，只是不敢告訴孩子們和侍女們。
很久沒有感覺到這麼清楚的胎動了。
彷彿很高興父親回來，砰砰地踢著肚子。
「剛才動了呢……」

不由得轉過身來的篤子，看到丈夫的臉，突然發不出聲音了。

她的丈夫正用前所未見的溫柔、祥和、溫暖的眼神注視著她。

無論何時，他都很溫柔。儘管有時愛開玩笑，有時候愛插科打諢、攪局、捉弄人，但眼底深處總是深情款款。

可是，他現在看著篤子的眼神，比平時更深情、更溫柔、更溫暖。

還有無法形容的悲傷。

篤子從未見過他這樣的眼神。

丈夫平靜地對瞠目結舌的篤子說：

「動了嗎？太好了。」

「……」

聲音出不來。

篤子好不容易才點點頭。

「孩子們都好吧？」

篤子又點點頭，眼角不知為何熱了起來。

「妳就是……我現在看到的樣子，嗯。」

她想質問什麼意思？聲音卻卡在喉嚨裡，只發出吐氣聲。

「對不起……我又要走了。」
她不知道該對站起來的丈夫說什麼。她必須說些什麼。
胎兒動了，一次又一次，宛如在訴說什麼，一次又一次。
篤子好不容易對轉過身去的丈夫硬擠出聲音說：
「這……這孩子的名字是……？」
正要走出去的丈夫，停下了腳步。
「女兒瑛子……問過我這孩子的名字，國成和忠基也在等你決定。」
究竟是兒子還是女兒？
孩子誕生前不可能知道的事，他總是會猜對，而且在孩子誕生前取好名字。
「如果要離開，請先幫這孩子取好名字……！」
「……」丈夫背對著她，微微低下頭，然後說：「對不起……」
篤子倒抽了一口氣。
「我還沒想好。」
「……」
胎兒動了。
「不過……這樣吧，下次回來前，我會先想好。」

然後，他消失在帳幔架後面。

氣息漸行漸遠。

孩子在肚子裡動了，一次又一次，宛如訴說著什麼。

沒多久，胎動停止，篤子無力地垂下頭。

「……」

身體異常沉重，大腦開始暈眩。

可能是爬起來太久，血液往下流，呼吸變得短淺。

視野蒙上一層微暗的薄紗。

篤子再也撐不住身體，就那樣躺下來了。

剛才沒注意到的雨聲，突然變得很大聲。

風很強，雨聲也越來越大。

美得令人害怕的歌聲，夾雜在激烈的雨聲裡傳來。

帳幔架的帳幔被風吹動。篤子在閉上眼睛前，彷彿看到有黑影搖曳。

胎兒動了。一次又一次。胎兒在說話。

「不……」

說的是不要走。

胎兒在說話，在替無法說出真心話的母親說話。
不要走。回來。待在我身邊。一直待在這裡。
要不然，很可怕的東西將會到來。
來奪走這孩子。
「……——」
意識沉入黑暗裡。
雷鳴聲響。
雨聲和微弱的歌聲，緊貼著耳朵，揮之不去。

◇　◇　◇

「母……母……母親……」
聽見尖銳的叫喊聲，篤子緩緩抬起眼皮。
燈台的火焰裊裊搖曳。

被橙色光芒照亮的屋內，排列著三張表情驚慌的臉。

孩子們的頭後面，還有侍女們擔心的臉。

「母親……您覺得怎麼樣……？」

發問的是國成，忠基和瑛子都緊緊抿住嘴巴，快哭出來了。恐怕嘴巴一張開，就會聲淚俱下。

篤子慢慢地轉動脖子。

發現應該是倒在外衣上的自己，不知何時躺在了墊褥上，還蓋著好幾件棉衣和外衣。

「剛才叔叔來過，我告訴他母親在睡覺，他就走了。」

「昌親大人嗎……？」

「是的，他說父親還有工作，不能回來。」

篤子的眼皮震顫起來。

「是嗎……」

「是的……呃，爺爺買了水果，您要不要吃？」

水果是同住的父親為則，為躺在床上的篤子買回來的。

篤子很感謝父親的心意，但是完全沒有食慾。

「我等一下再吃，你們先吃。」
她把孩子們交給待命的侍女們。
目送孩子們在侍女的催促下離開對屋後，篤子深深嘆了一口氣。
稍微動一下就頭暈目眩。
閉上眼睛的篤子，深呼吸後咬住了嘴唇。
「……」
啊，原來如此。
原來丈夫回來的所有情景，都只是夢。
淚水快要從緊閉的眼睛溢出來，她趕緊雙手掩面。
然後，她發現一件事。
舉到臉前面的雙手、在燈台光芒照射下變成橙色的手指，向來是冰冷的。
現在碰觸臉頰和額頭的雙手、手指，卻帶著微溫。
胎兒動了。
在夢裡聽見的話，又縈繞耳際。
——……下次回來之前……
孩子們的名字，都是成親在孩子誕生前先取好的。

國成、忠基、瑛子都是這樣。所以，現在在肚子裡的孩子也一樣。

「……」

篤子又雙手掩面。

語不成聲地說著：「一定喔。」

◆ ◆ ◆

時間不知道是已經過了酉時，還是還沒有。

應該是酉時左右，但是，烏雲密布的天空陰沉幽暗，無法確定正確時間。

「嗯——」

這裡是竹三条宮，脩子的床擺在主屋。龍鬼爬到圍繞主屋的外廊高欄上，盯著落在庭院裡整片積水上的雨。

「下個不停呢，會不會停呢？再不停，恐怕會出事。」

龍鬼半瞇著眼睛嘟囔，猿鬼爬到它旁邊說：

「感覺雨越下越大了。」

聽到同伴說的話，龍鬼的臉更臭了。

「就是啊……晴明說暫時不會有事，可是……」

龍鬼懷疑地環視周遭。主屋前的整片南庭都泡在水裡，竹三条宮看起來就像漂浮在水面上。

庭院溪流、水池，都容納不下綿延大雨，到處淹水，庭木、庭石大多泡在水裡。

「昌浩回家前都袚除乾淨了，可是……」

從高欄下方傳來長吁短嘆的低喃。猿鬼和龍鬼往下看，原來是獨角鬼把雙手搭在高欄的下橫木上，探出圓滾滾的身體，往庭院張望。

龍鬼和猿鬼順著欄杆滑下外廊，跟獨角鬼圍坐成一圈，唉聲嘆氣。

它們所在的外廊，也被雨潑濕了。以濕來形容並不貼切，根本是浸在水裡。

雜役和侍女們分工合作，掃去渡殿和外廊上的雨水，但是速度完全跟不上強烈的雨勢。

為了不讓雨打進來，主屋把下板窗都放下來了。有幾名精神比較好的侍女，正聚集在主屋裡。

她們正在替昏迷的內親王脩子準備好幾個火盆，讓屋內暖和起來。

從屋頂和隔間帷幔的縫隙鑽進主屋的小妖們，在梁木和橫木上俯視侍女們。

每個人都是臉色蒼白。她們只是比較能動而已，其實身體狀況都不太好。

在沉悶的氛圍中，有個侍女轉向旁邊，用袖子按住了嘴巴。

喀喀地咳起來後，她把身體彎成了く字形。沒多久，喀喀乾咳開始伴隨著低喘聲，看著她的其他侍女們，臉色越來越蒼白。

「喀……喀……喀……！」

附近的同伴戰戰兢兢地對止不住悶咳的侍女說：

「妳的氣色很差呢，不用管這裡的事了，快回侍女房吧……」

這是一句關心的話，但同時也隱含著她們害怕被傳染重症的恐懼。

拚命想忍住咳嗽的侍女，也感受到了同伴們的恐懼。

她含淚望向同伴們，卻沒有人願意與她對望。

用袖子按著嘴巴的侍女，猛然站起來，搖搖晃晃地離開了房間。

其他侍女們露出不安的眼神彼此對望。

不知道是誰開口說：

「晴明大人……什麼時候來這裡呢……？」

聽到侍女說的話，在梁木與橫木上的龍鬼偏頭思索。

「呃，他上午回他家了吧？」

「是啊，他說休息一下會再來。」獨角鬼回應。

猿鬼合抱雙臂，沉著臉說：

「他也真辛苦呢……」

離開宮殿時，老邁身軀坐上牛車的模樣，閃過小妖們的腦海。

他應該很想在家盡情休息，但是，沒有人允許他那麼做。

蒼白的臉看起來有些憔悴的侍女們，聚集在小妖們所在的梁木下，交頭接耳說著按捺不住的憂慮。

啊，雨勢增強了。

晴明大人不在的時候，萬一發生可怕的事怎麼辦？

停了一陣子的雷，又劈下來了。

雷鳴越來越靠近，彷彿是下一次災難的徵兆。

三隻小妖俯視著被彼此說的話嚇得越來越害怕的女人們，深深嘆了一口氣。

然後，不約而同地彼此對看後，默默抬頭望向屋頂外。

晴明不在，的確很沒有安全感。

「可是……也不必把那傢伙留在這裡吧？」

它們的嘟囔聲可能被聽見了。

格外帶刺的神氣，貫穿屋頂打在小妖們身上。

「唔哇！」

小妖們跳起來，往梁木的盡頭移動。在床帳裡的烏鴉，怒聲斥責它們。

『吵死啦！不能保持安靜就滾出去！』

突然聽見「啞」的尖銳叫聲，侍女們都嚇得直發抖，緊靠在一起。

「剛、剛才那是……」

「是公主殿下喜歡的那隻烏鴉……」

「哦……」

女人們刻意說出早就知道的事，相互作確認。彷彿不那麼做，就會被莫名的恐懼和不安壓垮。

昨晚，死亡降臨在這座宮殿。

她們的幾名同伴，在昨晚的強烈雷雨中斷了氣。

之前，那些人一直臥床不起，咳得很嚴重。

曾經到處買藥煮成藥湯服用，也請過法力高強的僧都來做痊癒的祈禱。

但是，在宮中因落雷而亂成一片時，那些人咳得更厲害，大量吐血後，就嚥氣身亡了。

現在都還沒有什麼真實感，總覺得是作了一場惡夢。

才覺得好像從哪裡吹來了異常冰冷的風，剛剛在一起說話的人，病情就突然惡化了。

因為太突然，讓人措手不及，大家都不相信那些人已經斷了氣，不停地搖晃他們、叫喚他們的名字。但是，怎麼等都沒有回應。

真的是瞬間死了，彷彿所有生存的力量，都被那股冷風奪走，連最後的最後都一滴不剩。

所有死者都被搬到一間雜役房舍，以免死亡的污穢擴散。

即使用火葬，火也會馬上被這場雨熄滅。

要埋在仇野墓地也需要人手。病人增多、混亂、人心惶惶的竹三条宮，已經沒有多餘的人可以派去那裡。

在天氣好轉、有人可以派遣之前，遺體只能暫時安置在雜役房舍裡。

侍女們默默想著死者們。

為所有侍者的死亡哀悼的安倍晴明，在雜役房舍前為死者祈福的身影，掠過侍女們的腦海。

因為這樣，大大撫慰了侍女和雜役等底層人員的心，但是，卻無法治癒他們的悲傷。失去多少人，他們的心就有多大的破洞，冰冷的東西逐漸在那裡悄悄地堆積起來。

「公主殿下……」

侍女們不約而同地望向床帳內。

從放下來的床帳裡，傳來痛苦、淺短的呼吸聲，侍女們也能感覺到那個聲音越來越虛弱了。

她們覺得那個聰明、高貴的內親王如果能夠醒來，就能淡化她們心中的不安和恐懼。還不到十歲的女孩，已經是這座宮殿裡的人們的心靈支柱了。

因此，侍女們更堅定了一個想法。

無論如何，都要請安倍晴明救活內親王脩子。

即使必須以那個年邁的陰陽師的生命作為交換。

不知從哪吹來了冰冷的風。

增加再多的火盆都沒用。即使排起帳幔架、改變屏風的位置、蓋好幾層棉衣，還是越來越冷。

感覺周遭也隨著寒意越來越暗了，在各處擺放燈台、燭台點亮，黑暗還是慢慢逼近。
一個侍女慢慢靠近放下床帳的床，偷偷往床帳裡看。
橙色燈光朦朧地照出躺在床上的脩子的痛苦表情。
「唔……！」
往裡面看的侍女，突然打了個冷顫。
臥病在床的脩子，臉看起來就像死人。
雖然只是瞬間瞥見，卻深深烙印在她的腦海裡。
死亡就要降臨了。很快就要降臨了。
這樣的想法瞬間掠過心頭，把她嚇得直發抖。
侍女慌忙把床帳整理好，離開床邊。
沒有人問神色驚慌的同伴發生了什麼事。
冰冷的風輕輕撫過侍女們的臉，隨著呼吸鑽進胸口深處，使體內逐漸發冷。
她們一直聽著越來越強烈的雨聲。
這時候，地面搖晃了。搖得非常輕微，小到沒有人察覺。
「……」
她們彼此避開眼神，茫然地思索。

死亡就快降臨了。降臨此地。
死亡將至。死亡將會來奪走一切。
為了不被死亡奪走、為了不讓死亡奪走……
——需要取代的生命。

在梁木上看著侍女們的小妖們，察覺到不安的氛圍。
有風吹進來。
「啊……門開著。」
出入的木門微微開啟，從那裡吹進了冰冷的風。
那股風穿越帳幔架的縫隙，吹向了侍女們。被風吹到的侍女們，神色越來越憔悴。
「喂，烏鴉，公主沒事吧?!」
猿鬼大聲問，只傳來拍振翅膀的聲音代替回答。
床帳被搧動搖晃，偷偷鑽進去的陰氣都被逼出去消散了。

龍鬼從梁木沿著屋簷爬到屋頂上。

「喂，式神！你在幹什麼啊！光待在這裡沒意義吧！」

叉開雙腿站在主屋屋頂上的十二神將青龍，以兇狠的目光瞪著大聲叫嚷的龍鬼。

跟在瞬間全身僵直的龍鬼後面追上來的猿鬼和獨角鬼，也被青龍冷冷的酷烈眼神嚇得縮成一團。

厭惡地睥睨著三隻小妖的青龍，臉色變得更難看，慢慢環視整個宮殿。

有道神氣在他身旁降落，現身的是十二神將天后。

「雨不停還是不行……青龍，你怎麼了？」

青龍望向疑惑的天后，再瞥一眼變成活雕像般的小妖們，毫不掩飾煩躁地咂咂嘴，就倏地隱形了。

「青龍？」

困惑的天后走向小妖們，蹲下來問：

「你們做了什麼事？」

最快復活的猿鬼，眼淚汪汪地對豎起眉毛的天后說：

「是式神自己什麼事都不做，還瞪我們！那小子太過分了吧！」

「人類都不對勁啦！」

「那樣下去絕對會有問題，他卻什麼都不做。」

「有本事嚇唬我們這種無害的小妖，就先去替公主和人類做些什麼嘛！」

小妖們爭先恐後向比青龍不可怕的天后投訴。

「不用你們說，我們也知道。」

天后聳聳肩，望向安置遺體的雜役房舍。小妖們看不見，剛才隱形的青龍正往雜役房舍移動。

晴明離開前，用結界罩住了那間雜役房舍。但是，下不停的雨削弱了結界的效力，晴明的法術快要失效了。

不只雜役房舍，連保護整個竹三条宮的結界也一樣。

離開宮殿的晴明，命令青龍和天后留在這裡，保護內親王脩子和這個宮殿裡的所有侍者。

神將們知道，早上離開宮殿的昌浩，祓除了這裡所有地方的陰氣。

但是，又下起污穢的雨，使得陰氣很快堆積、沉滯，不祥的風也隨著結界逐漸減弱，不知從哪吹了進來。

鬥將青龍的神氣浩大、酷烈，可以爆發本身就是陽氣的通天力量，暫時把陰氣清除乾淨。
但是，那個威力可能多少會影響到竹三条宮和裡面的人。稍有失誤，就可能會破壞宮殿。
青龍是在寢殿的正上方，持續把神氣注入保護宮殿的結界。
天后是在摸索各種方式，想辦法看看能不能至少排除下在竹三条宮的雨所帶來的陰氣。
但是，不可能將不斷降下的雨，一滴一滴去除陰氣。只要繼續下雨，整座竹三条宮、整個京城就會充斥著陰氣，難以消除。
抬頭看著天空的天后，臉色陰沉地低喃：
「雨把天上的污穢都帶來地面了，污穢正在地面擴散。降落的沉滯陰氣會腐蝕人心，所以，也難怪這座宮殿的人會不對勁。」
淡淡這麼說的天后，嚴厲地瞪著小妖們。
「小妖們，以後說話謹慎點。你們這種無力的小妖，不許侮辱我的同袍。」
小妖們彼此對望。
在跟隨晴明的式神當中，就屬這個神將的戰力最弱。
但是，鬥將的力量本來就大到無法形容，所以，不能跟他們作比較說她是最弱的。只能說，在通天力量比鬥將小的神將當中，她是最弱的。
與沒有戰鬥力的神將相比，她遠遠強大許多。況且，即使是沒有戰鬥力的神將，也只要揮一下通天力量，就能輕而易舉地驅逐一隻、兩隻、三隻甚或四隻一般小妖。
對小妖來說，只要是十二神將，不論是哪一個、不論相貌如何、不論體型如何，全都是麻煩的存在。
其中長相最可怕的，就是那個第三鬥將。眼神兇惡、說話狠毒、態度冷酷，沒有一點好的地方。
連那個最兇、最狠、人稱最強的式神，最近都有好幾個地方讓它們覺得「這傢伙還不錯嘛」。
小妖們默默思忖。
晴明那傢伙，既然要留，就留更好親近的神將在這裡嘛。
偏偏留下那個可怕的式神，還有這個不好相處的式神，實在太過分了。
「……」
斜眼瞪視顯露不滿的小妖們的天后，把視線落在其中一間侍女房上。
「藤原家的千金是住在那間侍女房吧……」
晴明交代過，也要關照她，所以稍後要去看看她的情況。

聽說她病倒了，一直躺著。好像不是害宮裡人喪命的那種病，但是，繼續待在這裡，很可能哪天也會罹患同樣的病。

而且，那個大妖的詛咒，現在應該也還盤據在她體內。

希望這場雨和死亡污穢所帶來的陰氣，不會造成禍害——。

忽然，有個低沉的聲音，扎入沉思中的天后的耳朵。

「她是藤花……」

天后看到被稱為獨角鬼的圓滾滾小妖，不知何時站在她眼前怒目而視。

接著，換龍鬼又對吃驚地眨著眼睛的神將說：

「她是藤花，這裡沒有藤原家的千金。」

「不要搞錯了，式神，她是藤花，是公主心愛的侍女，是我們的夥伴……不對，不是……」

猿鬼發現自己說得有點過頭了，又重新說：

「呃，她是那個啦，就是跟晴明對你們的稱呼一樣。」

有點不知所措的天后，回看堂堂拍著胸脯說大話的小妖們。

晴明都稱神將為朋友。

也就是說，那個千金是小妖們的朋友？

「對……」

天后竟然差點被小妖們的氣勢壓倒，儘管只是一瞬間。

「也跟那個可怕的式神說一聲，不要搞錯了。」

天后嘆著氣點點頭。自己和青龍都跟那位千金不太有關係，應該沒什麼機會叫她的名字，但還是有必要留意。並不是因為聽從小妖們說的話，而是早就聽說她本人那麼希望，所以會留意。

「喂，式神，晴明什麼時候回來？」

聽到猿鬼這麼問，天后蹙額愁眉。

主人回安倍家，其實不是為了休息。竹三条宮的情況比想像中嚴重，所以他回去拿可能會用到的道具。

包圍竹三条宮的結界，只是勉強保住了形狀，已經殘破不堪了。在廣大的宮殿裡，驚人的陰氣和邪氣在各個地方捲起漩渦、沉滯。

其實，妖魔的妖氣和陰氣，已經如濁流般湧入被雨污染的寢殿，曾經淹沒了脩子睡的床。

即使這樣，脩子還是平安無事，這要歸功於道反守護妖嵬的竭盡全力。

據說，是嵬驅逐了所有入侵的妖魔、黑色物體，還修復了被落雷劈開的結界龜裂。

所以，昌浩「只」祓除了沉滯在淹沒庭院的水裡的陰氣。雖說是「只」，但也相當費力。

然而，這座竹三条宮，現在除了自天而降的污穢之雨外，還有讓人產生負面思想的東西。

侍者們的心，都被不安和恐懼困住了。

無論在宮外布下幾層結界、鞏固防守，還是無法完全抹去人們心裡的不安。

人一旦有了不安和恐懼，就很難消除。

恐懼的情感十分強烈，會招來負面思想，最後衍生出陰氣。

「……」

雙手交握的天后，咬住了嘴唇。

所以，需要安倍晴明。不能是其他人，必須是安倍晴明。

他不必實際施行法術，只要假裝使用幾個道具就行了。

例如，揮舞破邪劍、寫驅魔符、唸咒文、結印、拍手、燃燒護摩木、豎起祭神驅邪幡、搖鈴、唱數數歌。

重點是讓大家看到那些動作。

只要有晴明在。只要晴明在眼前。只要晴明在那裡。

光是這樣，就能摘去人們心中不安的芽苗。

為了除去不安，就只是為了那種事，年邁、身體根本還沒完全康復的安倍晴明非行動不可。

天后無論如何都無法諒解。

雖然主人會笑著說，自己的存在就是為了做那些事。還會瞇起眼睛說，如果自己本身可以讓人們心安，那太容易了。

並沒有實際發生什麼事，只是不安讓人類出現了負面思想，造成陰氣，最後招來那種邪念般的某種不祥之物。

是人類的心替自己招來了禍害。

天后對那種事感到憤怒。

最懊惱的是，十二神將們沒辦法阻止主人那麼做。

神將們的存在，絲毫不能驅逐人類心中的黑暗，他們需要的是晴明。

人們認為晴明的力量強大到足以率領身為式盤之神的十二神將，所以覺得需要晴明。

既然如此，十二神將不是非但不能保護晴明，還成了他的負擔嗎？

他是率領十二神將的絕代大陰陽師，非他不可的事太多了。

人類毫不留情地讓主人背負起那些過多的事，還把對他的依賴視為理所當然，天后對人類這樣的懦弱感到氣憤填膺。

所以，天后討厭人類。

「喂……式神？」

聽到戰戰兢兢的聲音，天后猛然回過神來。

三隻小妖正用交織著困惑與憂慮的複雜表情看著她。

「妳這裡……好像多了很多皺紋。」

猿鬼指著自己眉間附近給她看，旁邊的龍鬼也猛點頭。

「妳平時都是一臉冷漠，很少露出這麼嚴厲的表情呢。」

「那種表情還是留給那個可怕的式神吧。」

「……」

天后連眨好幾下眼睛後，噗哧笑出來。

「被他聽見的話，會把你們殲滅喔。」

三隻小妖都哇哇慘叫起來。

被說平時都是一臉冷漠的神將，又恢復平時那種一本正經的表情。

往好處想，它們肆無忌憚的說話方式，抒解了她緊繃的神經。

「晴明大人說天黑前會回來。」

「那麼應該快回來了。」

天后瞥一眼頓時開朗起來的小妖們，聳聳肩。

盛夏的現在時分，應該還是日落前，但是被厚厚的烏雲覆蓋的天空，已經像是黃昏了。

◆　◆　◆

感覺到震動，安倍晴明張開了眼睛。

「嗯……」

他低聲沉吟，甩甩頭。沒想到自己竟在不知不覺中睡著了。

思緒似乎還有點混亂，一時想不起來自己在哪裡？在做什麼？

背後有堅硬的觸感，是在黑暗的狹窄空間。

皺起眉頭的晴明，聽見直接傳入耳裡的聲音。

《怎麼了？晴明。》

老人終於想起來了，輕輕嘆口氣。

「我好像打了個盹，現在到哪裡了？」

想起是在從安倍家前往竹三条宮的路上，晴明詢問隱形的十二神將朱雀。

是強烈的雨聲與規律的牛車震動，讓他在不知不覺中睡著了。

可見累積的疲勞已經超過自己的想像。

他感覺眼睛有點模糊，用手指揉了揉眼睛，聽見牧童與隨從在車外有點焦躁的對話。

好像是輪子卡進水窪裡，推也推不動、拉也拉不動，進退兩難，一籌莫展。

《泥濘好像比想像中嚴重。》

聽到朱雀的話，晴明豎起耳朵仔細聽。全神貫注去聽，就能清楚聽見原本斷斷續續的聲音。

催牛往前走的牧童，聲音裡透著急躁。與那個聲音重疊的牛叫聲，聽起來很痛苦。不能稱心如意的隨從，焦慮地大吼大叫。

雨激烈地下著，彷彿要吞噬那些聲音，掩蓋所有一切。

晴明單膝跪地，把車窗打開一半，仰望黑暗的天空。

現在下的是污穢的雨。被這樣的雨淋到，生物會失去精神，氣漸漸枯竭，沾染污穢。

包括所有生物，不只是人，牛的氣也會枯竭。污穢會奪走精力、體力、靈力，而寒冷會更助長威勢。

牛車一直無法從泥濘中走出來，污穢也是很大的因素。

「朱雀，你可以幫幫他們嗎？」

《知道了。》

爽快答應的神將的神氣，從老人身旁消失了。

沒多久，車體大大晃動，響起牧童等人的驚叫聲。

牛叫聲靜止了，牛車順利走出了水窪。

晴明用右手結刀印，在嘴裡低聲唸咒。為了接下來順利前往竹三条宮，他對牛、牛車、同行者全部施行了簡單的法術。

腳不再被水窪絆住的牛和人類們，加快了速度。是必須盡快回到宮殿的焦躁，驅趕著他們。

感覺神氣回到了身旁，晴明突然感到疲憊。

「……」

《怎麼了？晴明。》

聽見詫異的聲音，晴明搖搖頭，輕輕吐口氣。

自己真的老了。在這麼緊急的狀態下，竟然會完全睡著，即便只是剎那間。

現今八十過半的自己，體力比起十年前已經大幅衰退。

十年前七十過半時，在他人眼裡他或許還朝氣蓬勃，甚至被說是怪物。其實，他的精力、體力、靈力，都已經不如年輕的時候了。

他深切覺得，即便是那樣，活力也比現在好得太多了。

晴明的壽命比一般人長，但是，他是妖怪母親生下來的半人半妖，所以跟同世代的人類比較也沒多大意義。

現在，他的體力比以前差，精力也是，靈力當然也是。

即便如此，還是沒有人可以取代他，所以他必須行動，人們也如此期盼。

這件事向來是理所當然的事。

晴明這時候才發覺，自己有點開始把這件理所當然的事當成了重擔。

「所以才會睡著……？」

用沒人聽得見的聲音這麼說的老人，淡淡一笑。

剎那間，他完全睡著了。以時間來說，恐怕只有短短幾十秒吧。

那麼短暫的時間，晴明作了夢。

那應該是十四年，不，十五年前的夢吧。

他和小孫子昌浩一起出遠門。

對，當時昌浩才三歲。他還記得，是剛辦完著袴儀式沒多久的時候。

孫子小小的身體，吃力地往前走的模樣，晴明到現在都還記憶猶新。

當時，每天都有很多說是非他不可，但其實不是什麼大事的事情，接二連三推到他身上，讓他有些受不了。

他不禁對年幼的孫子抱怨，說事情這麼多根本做不完。

原以為對年幼的孫子說這種事，說了也是白說。

沒想到三歲的昌浩對他說了這麼一句話。

——那麼，昌浩會快點長大，幫爺爺的忙。

天真無邪的孩子這麼說，直視著晴明，眼睛閃閃發亮。

孫子出乎意料之外的話，讓晴明大吃一驚，他萬萬想不到，這麼小的孩子會說出幫忙這種話。

但是，那份驚訝，很快轉化成了喜悅。

那是三歲小孩說的話，至少要過十年以上才能實現吧？

對晴明來說，十年轉眼就過了。但是，對小孩子來說，應該是長到讓人發暈的時間。

而且，長大後，也可能忘了自己說過的話。

小孩子就是這樣。

然而，昌浩當時是真的想快點長大，幫忙爺爺，毫不虛假。

對於幼小孫子的心意，晴明是打從心底感到高興。

相隔這麼久，他又想起了當時高興的心情——。

「……」

低下頭，單手掩住眼睛的晴明，試著平靜地不斷重複緩慢的呼吸。

原本隱形的朱雀，在單膝跪地的老人身旁現身。

「晴明……？」

神將擔心神情不對的主人，低聲叫喚。

晴明默默搖頭，緩緩抬起頭來。

朱雀還不知道昌浩僅剩的壽命。

哪天必須告訴他，但是，現在晴明不想說這件事。

「我沒事。」

這時候，牛車停下來，隨從在前簾前面說：

「晴明大人，到了。」

朱雀察覺有好幾個人的氣息靠近，就隱形了。

晴明端正坐姿，等人來掀起前簾，再走下牛車。

在下不停的雨中，竹三条宮沉陷在陰鬱的苦悶裡。

出來迎接他的總管、侍女們疲憊到極點的臉，一張張排列在走廊上。

◆　◆　◆

4

夜晚即將到來。

因為烏雲遮天，已經暗得像黑夜，其實現在還是黃分時刻。

這個時刻名為大禍時，是白天與黑夜之間的狹縫，是神的領域與魔的領域交叉的時刻。

站在安倍家自己房間的外廊上盯著天空的昌浩，神情嚴肅地皺著眉頭。

「爺爺差不多到宮殿了吧……」

晴明坐上竹三条宮來迎接的牛車，是在半個時辰前。因為這場雨，路一定不好走，所以可能會比平時更花時間。

有十二神將朱雀陪同，不用擔心。但是，下不停的污穢的雨，讓昌浩怎麼樣都不能不焦慮。

情勢刻不容緩，自己卻還在這裡浪費時間。

在他身旁的小怪，半瞇著眼，開口說：
「我來猜猜你在想什麼吧……」
昌浩的視線默默往下移到旁邊。
小怪甩一下長尾巴，斷言說：
「你在想有沒有辦法躲開勾陣的視線，溜出家門。」
昌浩眨一下眼睛，裝出若無其事的樣子，眼神飄來飄去。
「……」
它怎麼會知道呢？
「我怎麼會不知道！」
斜斜站立的小怪齜牙咧嘴地說：
「你在想什麼都被我看透透啦。」
「咦咦咦咦？」
昌浩懷疑地瞇起眼睛，靠在柱子上合抱雙臂的勾陣，冷冷看著他說：
「全寫在臉上啦。」
「咦？」
昌浩張大眼睛，不由得把雙手貼放在雙頰上。小怪和勾陣看到他那樣的動作，都不禁想：

平常這麼容易被看透，下定什麼決心時，卻不會讓人發現。真是隻大狐狸，不，是怪物狐狸，不，的確是天狐的兒子安倍晴明的孫子無誤。

昌浩假裝看著其他地方，果敢閃開兩名神將的冰冷眼神，露出嚴肅的表情低聲沉吟。

污穢的雨越下越大，降落在全京城。

鑽過雨的縫隙吹來的風，又冷又重又濕，彷彿會把人緊緊纏住。

昌浩很清楚那是什麼。那是陰氣。污穢沉滯、凝結，使整個京城都瀰漫著的陰氣。

不趕快採取措施，很快就會引發災難，但是——

「……」

昌浩偷瞄小怪一眼。它緊緊黏在昌浩身旁，沒有離開的意思，這樣昌浩完全不能行動。

「傷腦筋……」

聽覺敏銳的小怪聽到低喃聲，豎起了眉毛。

「什麼傷腦筋？」

「小怪，你是順風耳呢。」

昌浩不禁開了個玩笑，小怪沉默下來，眼神變得特別可怕。

昌浩在心裡嘀咕：

糟了，又失誤了。被它知道剩餘的壽命，已經是一大失誤了。

勾陣看看眼睛眨個不停、視線飄忽的昌浩，再看看用可怕到不行的眼神瞪著昌浩的小怪，深深嘆了一口氣。

「昌浩、騰蛇——」

被叫到名字的兩人，默默瞥了勾陣一眼。

「外面冷，進去吧。」

勾陣抬起下巴指向半開的木門，昌浩百般不情願地聽從指示。

小怪跟在垂頭喪氣地扭身鑽進木門縫隙的昌浩後面。

橙色光芒在屋內擴散開來，是小怪用神氣點燃了燈台。

進入屋內的勾陣，邊關上門，邊注視著一個地方。

那裡鋪著一件大褂，上面躺著服侍伊勢玉依公主的神使益荒。

遍體鱗傷的神使，閉著眼睛，動也不動。

可能是很痛苦，那精悍的臉上透著嚴峻，雙頰卻是死人般的顏色。

生氣和神氣都幾乎枯竭了，這樣丟著他不管，不難想像不用多久他就可能會沒命。
昌浩在益荒旁邊坐下來，深深嘆了口氣。
在橙色光芒的照射下，益荒的臉還是白得像張白紙。
從毫無血色的模樣，可以知道這個男人正在生死邊緣徘徊，昌浩的心跳不禁慢慢加快。
「到底發生了什麼事……」
從益荒出現在昌浩面前開始，昌浩就一再重複著這樣的低喃。
燈台的火焰搖曳。
察覺自己不自然地使力握緊拳頭，昌浩邊做深呼吸邊張開手指。
手掌出現好幾條指甲嵌進去的紅色線條。
忽然，他的眼皮震顫起來。
才眨個眼，就感覺到搖晃。
「……」
是地震。陰森的低鳴聲和震動，從地底深處湧上來。
昌浩露出更嚴峻的表情注視著益荒。
他想起這個神使一出現在安倍家，就下起了雨。

◇◇◇

益荒說出齋的名字後，就完全沉默了。

怎麼搖他、怎麼拍他的臉，他都沒有任何反應。

在昌浩的記憶中，從來沒見過神使這種毫無防備的模樣。不，也可能只是昌浩忘記了。

陰氣的雨在益荒掉落庭院後，立刻下了起來。

原本很遠的雷，不知何時已迫在眉睫，大顆雨滴啪答啪答滴在額頭上，然後轉眼間就變成了傾盆大雨。

彷彿被堵住的水，瞬間潰堤溢出來了。

瞬間淋成落湯雞的昌浩，想把同樣淋成落湯雞的益荒抬進屋內，所以讓他的手繞在自己脖子上，再站起來。

還沒站好就有一股往上推的衝擊力從地底深處頂上來。

「咦……?!」

剎那間，昌浩不知道發生了什麼事，還以為是自己頭暈。

身體軸心傾斜，腰往下沉。他試著站起來，但還沒來得及，膝蓋就突然失去力量，重心往下降，跟益荒一起癱坐下來。

昌浩希望只是自己太多心，才會把濺起來的水花看成恐怖的深黑色。

「唔……！」

在遍及整個庭院的積水裡，昌浩的手和膝蓋著地，益荒也栽進了水裡。

小怪的白毛被濺起來的泥水飛沫潑成斑駁的焦茶色。

「哇，對不起，益荒。」

向沒有意識的人反射性道歉的昌浩，再次把益荒的手繞到自己肩上，用力撐起膝蓋。

但是，天地搖晃傾斜，腳完全沒有力氣。

這時候，又地震了。這次的震度比上次小，但搖得輕微也搖得比較久。

大約重複十次呼吸後才完全靜止。

陰森恐怖的低鳴聲沉入地底深處，沒多久就完全消失了。

昌浩重複好幾次深呼吸。雨聲越來越大，聽起來很恐怖。

「停……了……？」

才這麼嘀咕，寒顫就爬上了背脊。

就在昌浩覺得好像特別冷的時候，一個修長的身影出現在他身旁。

強烈的神氣和閃閃發亮的磷光，讓昌浩抬起了頭。一抬頭，就看到十二神將騰蛇那張兇惡的臉。

「唔……」

被狠狠瞪視的昌浩，頓時說不出話來。

先抓住益荒的手繞到自己肩上，再用另一隻手抱住神使腰部的紅蓮，完全不在意積水，濺起水花走向昌浩的房間。

目送他們離去的昌浩，感覺急速降溫的身體開始哆嗦顫抖，急忙站起來。

因為被陰氣的雨淋到，身體的溫度和生氣都急速流失了。

走上外廊的紅蓮，先把益荒擺在地上，再把手伸向隨後跟來的昌浩。

昌浩原本想自己爬上外廊，但發現呼吸變得短促，只好抓住紅蓮的手，讓紅蓮把他拉上外廊。

淋不到雨後，不知道是不是因為突然放鬆，全身血液往下流，差點站不住。

昌浩不由得蹲下來，紅蓮變成小怪的模樣，嚴厲地說：

「昌浩，休息！」

「咦？」

聽到突然冒出來的話，昌浩張大了眼睛。

「不行、不行，別開玩笑了，小怪，你在說什麼啊？誰都看得出來，現在怎麼想都不是休息的時候啊。」

小怪半瞇起眼睛，看著說得很認真、很激昂的昌浩。

「我已經答應藤花了，還有益荒突然掉下來。」

昌浩交互看著被隨便扔在外廊上的益荒，與從烏雲密布的天空降下來的雨。

「而且，剛才的搖晃……是……」

剛才那個地震的搖法，昌浩知道起因是龍脈的騷動。

「應該是地御柱和齋出什麼事了。」

昌浩覺得焦躁。

事情刻不容緩，必須趕快採取行動。

他說過會把脩子從黃泉的詛咒救出來，會把活在京城的人、活在這個國家的所有人都救出來。

然而，他現在什麼都沒做，過著毫無作為的生活。在他白白浪費時間的這段期間，事情越來越惡化。

這時候，響起更劇烈的雷鳴，打斷了他的思緒。

雷是嚴靈。那個紅色嚴靈、如鮮血般的紅色光芒，一定會帶來可怕的災難。

必須把降下污穢的雨的雲驅除，必須把充斥京城的陰氣完全清除。

「除非萬不得已，否則益荒不會離開齋的身旁。一定是發生了什麼事，需要幫忙，我非去不可……」

浮現昌浩腦中的巨大柱子，可以說是全國的基石，聳立在三柱鳥居的下方深處。曾發生過柱子被邪念覆蓋，污染到龍脈的事件。昌浩還清楚記得，當時地上的污穢蔓延到天上，導致每天都在下雨。

這時地面又第三次微微震動，似乎在呼應昌浩的焦躁。

「又來了……」

昌浩閉上眼睛，做個深呼吸，盡可能緩和心跳，屏氣凝神。他確定，這個搖晃是從京城正下方頂上來的。

「──」

跟以前看過的一樣的金龍，痛苦喘氣的掙扎模樣，浮現腦裡。

昌浩抿住了嘴唇。現在他看到的畫面，恐怕並不純粹是想像，而是實際發生在地底下的現象。

龍脈動盪不安，污穢又在遍及全國各個角落的地脈路徑不斷擴散。

「我必須趕去齋那裡……」

以前昌浩曾經對齋說過，如果遇到怎麼樣都很痛苦的事，情況嚴重，可以向自己求救。

他不知道她是不是很痛苦，但是，可以確定發生了嚴重的事。

必須去救她。

心急的昌浩才抬起屁股，膝蓋就彎下去了。

自己也嚇一大跳的昌浩，雙手及地，喘氣喘到肩膀抖動。

心很急，身體卻跟不上。怎麼會在這種關鍵時刻把自己搞得如此狼狽？對自己的強烈焦躁與憤怒，在昌浩胸口捲起漩渦。

小怪半瞇起眼睛看著這樣的昌浩，深深吐出沉重的嘆息。

「我剛才也說過了，昌浩，休息……！」

「可是！」

想反駁的昌浩，看到小怪冷冷的眼神，把後面的話嚥下去了。

小怪跟焦急的昌浩相反，表現得無比冷靜。

如果小怪試著用感情說服昌浩，昌浩就可以全力抗爭。

然而，小怪沒有，它冷靜得可怕。

昌浩的大腦也因此冷靜下來。

宛如擷取自夕陽的紅色眼眸閃過厲光。

「昌浩。」

「什、什麼事……？」

被犀利的眼神壓倒的昌浩，回應得特別恭敬。

「你說你是被協助智鋪的人打成重傷後，穿越境界狹縫回來的，對吧？」

「嗯……對啊。」

然後，請天一使用移身法術，把傷勢轉移了。但是，體力和靈力的消耗，還不夠時間復原。

紅蓮、勾陣、太陰受主人晴明之命去愛宕的異境之鄉，是在昨晚半夜過後。剛剛才總算結束任務回來了。也就是說，還不到半天的時間，體力和靈力不可能在這麼短的時間內復原。

他顯然是處於即使用了神將的神氣和痊癒的咒語，也必須休息的狀態。

然而，在神將們往返於安倍家和愛宕異鄉之間的那段時間，他並沒有乖乖待在家裡休息。

「不管我們怎麼交代你不要戰鬥、不要使用力量、不要外出，你都不聽……」

可怕的低囔深深刺進昌浩的耳裡。

那是真的非常生氣的聲音。昌浩慌忙開口說：

「呃，在竹三条宮做的那些事，沒有使用我的靈力喔。靠的是勾玉、是道反大神的力量，所以沒關係……」

「什麼沒關係？」

「……」

自己真的是想說什麼事情怎麼樣沒關係呢？

無論什麼時候，他從來沒有過根據。只是覺得有根本不存在的根據，經常在如履薄冰的千鈞一髮之際勉強度過難關而已。

沒錯，昌浩純粹只是運氣好。運氣好，所以活到了現在，可以待在這裡，被小怪用兇狠的眼神瞪視。

但是，如果以為今後所有事也是這樣，總有辦法解決，就想得太美了。

大腦有個冷冷的聲音在說，打如意算盤也該有個限度。那不是其他人的聲音，正是昌浩自己的理性的聲音。

小怪甩一下白色尾巴說：

「總之，休息！最值得感謝的是，你不在家的這段時間，露樹也會按時替你打掃房間，讓你不必鑽進沾滿灰塵又潮濕的墊褥和外褂裡。全心全意地感謝她，然後好好休息吧，你這個大笨蛋……！」

小怪打開木門，拉住昌浩的狩衣的袖子。

被用力拖著走的昌浩，趴著爬進自己的房間裡。

正如小怪所說，好久沒進來過的房間，打掃得乾乾淨淨、一塵不染。或許不是每天，但似乎每隔兩、三天都會來打掃。

這是母親的用心，讓去四國的阿波替晴明辦事的昌浩，隨時可以回來。

昌浩是從四國的阿波，去了中國播磨的神祓眾之鄉，再從那裡穿越境界狹縫回到了安倍家。但是，可能沒多久又會離開這個家、離開京城。

暫時不見父母，是昌浩的覺悟，那是為了不讓繃緊的神經鬆懈下來。

現在尤其不能見。因為大哥投敵，他大受打擊，這個打擊還在心裡翻攪。

想到哥哥的事，昌浩的雙肩就像被重物壓住。

「……」

看到昌浩垂頭喪氣的樣子，小怪皺起了眉頭。

它還不知道成親的事。看到昌浩消沉的模樣，還以為是自己說得太過分了。

自己那麼說不是想責怪他，也不是想逼他，只是擔心他，不想讓他再做衝動魯莽的事。

再繼續做那種事，剩下不多的壽命，就會像沙子從手心滑落般那樣越來越少。

輕聲嘆息的小怪，打算把躺在那裡的益荒，拖到比較不擋路的地方。因為益荒的身軀足以跟恢復原貌時的它匹敵，非常占空間，會讓已經沒那麼寬敞的昌浩房間變得更擁擠。

它用兩隻前腳抓住神使的衣領，把他拖到靠牆的地方。

昌浩坐著不動，呆呆望著天花板的梁木和椽子。

這次暫時回來京城，是有很重要的目的，卻被冥官所謂的「溫情」搞得沒時間想那件事。

現在的自己贏不了哥哥，他想找祖父幫忙。

不論戰略、靈術、武術，他沒有一樣贏得過那個哥哥。怎麼樣才能阻止哥哥？怎麼樣才能打倒哥哥？

在回到這裡之前，昌浩深信祖父應該可以輕而易舉地擊敗哥哥。

然而，真的是這樣嗎？

「……」

昌浩不自覺地握緊了放在膝上的手。

有個牢不可破的殘酷事實。
那就是安倍晴明老了。雖然壽命比昌浩長，但時日無多了。
那個大陰陽師是與昌浩血脈相連的親生祖父，所以，昌浩看不到他正確的壽命。即使刻意去探索，也很難有明確的結果。
親近的人，尤其是與自己的命運息息相關的人的壽命，再怎麼探索、再怎麼看，也探索不出來、看不到。
毫無關係的他人的壽命，就可以輕易知道。有時候，會在某個瞬間，不經意地看見。
為什麼會這樣？原因不明。
或許是因為人性吧？如果能看到或知道近親者的生命盡頭，人可能會想盡辦法扭轉那個命運。
如果昌浩什麼也不做，很多人的命運就會被咒語吞噬。
所以，昌浩從菅生鄉回到了京城。
但是。
「──」
說真心話，他其實也想過，其他許多人的命運會怎樣都是他們的事。

而且，那個想法還在心裡占極大的比率。他也不是沒想過，這樣的自己會不會太冷酷，但是沒辦法，那就是他真正的想法。

說自己要保護全世界的人，聽起來好聽，其實是大言不慚。

那種事根本做不到。昌浩已經知道，不可能做得到。

不，說不定現在也還有可能。

以前也作過那樣的選擇，所以，昌浩知道也不是完全沒有可能。

由自己來保護全世界的人。

「——」

胸口微微刺痛。

比現在小很多的孩提時候、世界還很狹隘的時候，他做到了那件事。

雷鳴在很近的地方轟隆作響。

忽然，在雨聲和雷鳴聲中聽到的帶著嗚咽的聲音，又在耳邊響起。

——救……救……

「……」

昌浩閉上了眼睛。

當時一片漆黑。

他卻隔著竹簾，清楚看到從臉頰滑落的淚水。

──救救……公主……殿下……

是從喉嚨深處硬擠出來的聲音。

──救救……所有人……

他想起她說的每一句話。

想忘也絕對忘不了。

在剩餘的時間裡，還能聽到幾次她的聲音呢？還能跟她說幾次話呢？

同時，昌浩還想到一件事。

以前，她總是被保護著。所有人都認為她理當被保護，沒有人懷疑過。

後來，她滯留伊勢，完全斬斷過去，憑自己的意志改成新的名字。

然後，成為幼小的公主的侍女，與很多人建立起關係，從被保護的人變成了保護他人的人。

她擁有了比自己的願望、自己的希望更有分量的東西。

那是在他們兩人分開的那段時間，她自己得到的東西，所以，老實說，這讓昌浩有點惆悵。

她獨自作了這樣的決定。昌浩看到她傳達這件事的信時，覺得她在不知不覺中離自己很遠了。

啊，我們的命運恐怕再也沒有交集了——這是昌浩當時的直覺。

然後，他覺得這樣也好，他們彼此都作了隨心所欲的選擇。如果要其中一方或雙方扭曲自己的心意，還不如不要有交集。

這是昌浩從來沒有告訴過任何人的真心話之一。

不在一起的那段時間，她得到也培育了屬於自己的重要東西。對她而言，那樣東西比自己還重要，絕對不能放手。

偏偏她又把那樣東西託付給了昌浩。

所以，昌浩現在有些惆悵。

卻又有強烈的幸福感，遠勝過那樣的惆悵。

他要找到內親王脩子的魂虫，送回宿體。

說不定跟皇上的魂虫、敏次的魂虫那次一樣，脩子的魂虫附近也會有很多其他的魂虫。若是這樣，他會盡可能把那些魂虫也送回原來的軀體。

他在心裡不斷默唸與她之間的約定。

為了救那些人，他必須去找。一定是在某處、在某個地方。那些被帶走的魂虫，到底在哪裡？

無論在哪裡，昌浩都已下定決心，一定要找出來。
在所剩無幾的時間裡，就這件事非做不可。即使會縮短壽命，也要做到。
「太好了……」
能在菅生鄉接受嚴格的訓練，真的太好了。昌浩因此得到的力量，正好可以實現她的願望。
可惜的是，他還有很多地方力不從心，必須藉助祖父、神將們、神祓眾和九流族、天狗等許許多多人的力量，否則不能完成約定。
「還差得太遠了……」
昌浩這麼低喃，微微苦笑。
小時候，他曾對祖父說要幫忙祖父。
無法做到全力幫忙祖父，讓祖父卸下肩上所有重擔這件事，恐怕會成為他唯一的遺憾……——。
「喂，你幫幫忙啊，昌……」
忙著把益荒移到可能比較不擋路的地方的小怪，回頭一看，忽然沉默了。
難道是在很久沒回來過的自己的房間，鬆懈了嗎？
上半身蓋著外褂的昌浩，無力地垂下了眼皮，發出規律的鼾聲，文風不動。

悄悄走過去的小怪，目不轉睛地注視著昌浩的臉。

仔細一看，才發現他的臉憔悴得嚇人，毫無血色。

其實，所有一切都已經超過了他的極限，他只是憑著作過承諾的堅定意志撐到了現在。

小怪甩甩耳朵，就看到十二神將勾陣和太陰現身在半開的木門旁。

太陰躲在勾陣背後，緩緩張嘴說：

「昌浩的……」

說到這裡就沉默下來的太陰，露出扭曲的表情，頻頻搖頭。

剎那間，小怪與勾陣彼此對看了一眼。

在昌浩睡到自然醒之前，沒有人能進來這裡。任何人的聲音都會被抹去，不會傳到這裡。

沒有任何東西可以妨礙昌浩短暫的休息。

這是神將們現在唯一能為他做的事。

◆ ◆ ◆

有聲音。聽得見聲音。

那是歌。

沒錯。

是歌聲——。

好暗。

好冷。

好可怕。

「……」

牙根一直無法咬合，發出嘎答嘎答的聲響。

乾燥得詭異、帶點沉悶、冰冷的風，迎面吹來。

上風處是黑得像塗了黑漆般的黑暗，不知道是什麼地方。

唯一可以確定的是——

這裡是很可怕的地方。

有東西一直包圍著自己。有東西一直看著自己。有東西一直盯著自己。

必須盡可能縮起身子、屏住氣息，不要讓那些東西發現自己。

側耳傾聽，會聽見寂靜中有好幾道氣息。

無法確定是什麼聲音，感覺是竊竊私語般的細微聲音。

「……、……」

「……」

「……、……」

「……」

「……、……」

黑得太深沉，伸手不見五指。但是，身邊似乎有很多人。

自己不是一個人，不是孤獨一個人。

雖然看不見，但是，起碼有人在附近。

儘管改變不了害怕的程度，但是，稍微比較安心了。

無意識地鬆口氣時，微弱的聲音掠過耳邊。

《——……》

閉上的眼皮震顫起來，她緩緩抬起頭。

沒有聲音的騷動繞過四周。

「……」

「……、……」

「……、……」

「……、……」

從動靜可以知道附近的人都十分慌張，有人還發出快哭出來的喘氣聲，搖搖欲墜地動了起來。

《——……、……——……——……》

有聲音在風前顫動。不是一般的聲音，而是有美麗旋律伴奏的非常美麗的歌聲。

好美。太美了，美得——令人害怕。

暫停的發抖，又傳遍了全身。她用雙手摀住嘴巴，拚命想制止牙齒咔嘰咔嘰震響，但是，制止不了。

沒多久，開始聽見來自各個地方的無法形容的聲音，像是哭聲、低嚷聲，又像是微弱的慘叫聲。

從遠方傳來的美麗、恐怖的歌聲，一溜煙鑽進了耳裡。
歌聲纏繞全身。風纏繞全身。然後，某種來歷不明的東西，順著歌聲、順著風，迎向了這裡。
原本在這附近的人，不是逐漸遠離，就是突然不見了。
某種東西取而代之，越來越靠近。
風從對面吹來。不對，原以為是風的那個東西，是某種來歷不明的波動。
附近的人幾乎都不見了。
她蹲下來，抱著頭，暗自吶喊我好怕、我好怕、我好怕、我好怕，救救我。
啊，我可能不行了。
就在她快要放棄的時候。
「……？」
覺得有東西在自己胸口亮了起來。
那東西小而輕薄，剛好在衣服交合處下面。
輕輕一摸，就感受到形狀怪異的堅硬觸感。
在一片漆黑中，想看看是什麼也看不見。
不可思議的是，光是發現有那東西在，就稍微緩和了強烈的恐懼。

為了不被發現，她屏息凝氣，竟然聽見類似地鳴的聲響，好像是什麼又大又重的東西在移動。

從響起地鳴聲的方向，強烈颳起潮濕的強風。

她回頭探查情況，感覺有很多道氣息，隨著潮濕的風向這裡逼近。

像是疑惑、像是戰慄、像是慌亂、像是恐懼的許許多多數不清的氣息，湧上來又揚長而去。

不知道為什麼，那些氣息避開了自己。就像在河灘，水流被岩石一分為二那樣，風只避開自己，分成了兩路。

《——……——……——……》

從分成兩路的風的前方，傳來那個恐怖的歌聲。

她把雙手按在胸口，有個堅硬的觸感。是圓的。不對，不純粹是圓的。到底是什麼？有彎曲的地方——。

「……！」

在黑暗中，她張大了眼睛。她知道了，在她身上的是勾玉。

可是，為什麼？勾玉是什麼時候——。

困惑的她，耳朵深處響起她不可能聽過的話。

——把這個……拿去給……公主殿下……

「啊……」

全都是無法理解的事。

為什麼自己會在這種地方？身旁沒有任何人，蹲坐在無限延伸的黑暗裡、在非常恐怖的地方，被某種莫名其妙的東西包圍、盯住。

從對面吹來的風，似乎與反向吹來的風相交會，捲起了旋風。那裡面有好多人，有的人逐漸遠去，有的人消失不見。

然後，那個來歷不明的什麼，也就是那個波動，在不知不覺中流向了傳來地鳴聲的方向。

全都是無法理解的事。

只知道即使是自己孤單一人，藤花的心也在這裡。

在衣服下面的這個東西，是應該在她身上的紅瑪瑙勾玉沒錯。

忘了是什麼時候，曾經聽說這是很重要的除魔護身符。不是一般的紅瑪瑙，而是風音特別為她準備的勾玉。

藤花不是說過，她需要這個特別的勾玉，所以從不離身嗎？

那麼重要的東西，不知道為什麼在自己身上。

她不禁覺得，沒有這個東西，自己一定活不了。
一定是這樣。
否則，不會只有自己還在這個恐怖的地方，沒消失，也沒遠去。
《——……——……——……》
風吹過來。風吹過去。
有東西揚長而去。有東西迎面而來。
從很靠近她的地方經過。時而掠過。這時候，她會全身哆嗦地屏住呼吸，不讓那東西發現。
心臟在胸口深處不斷撲通撲通狂跳。
沒事，還撐得住，只是……
她從衣服上面抓住勾玉，拚命屏住呼吸。
只是很害怕。好怕、好怕，怕到想大叫。
啊，快來人啊！
「……！」
救救我——。

◆　◆　◆

是歌聲。

聽見了歌聲。

很久沒聽到這美麗又恐怖的歌聲了。

說得也是，她當然會害怕。

但是，我可以稍微鬆口氣了，真的只是稍微。

太好了，她沒事。

說沒事，或許不太合適。

但是，還有救。

可是，那是哪裡呢？

不對，我應該知道，只是想不起來。

我知道了。
那裡應該是——。

◆ ◆ ◆

「——……」
意識從很深的地方回來了。
他半抬起眼皮，用無法聚焦的眼睛望著虛空。
模糊的思緒快集中時，又散去了。
那片黑暗是哪裡呢？那個地方比黑夜還漆黑，比黑暗還晦暗。
那是什麼風呢？有吹過來的風，有吹過去的風。
乘風而去的波動、被風吹過來的許許多多的人，是暗示著什麼嗎？
還有，有人躲在那個來歷不明的某種東西裡。
「是公主……殿下……」

在那裡的是內親王脩子。
脩子還活著，還保有自我。
她的懷裡揣著微弱的光芒。
那個光芒是道反大神的神氣，以及藤花對脩子的真情。
藤花的真情在那個黑暗中拚命守護著脩子。
必須在那股力量耗盡之前，把她救出來。
「……」
昌浩垂下眼皮，開始思考。
那裡要怎麼去呢？那裡到底是哪裡？對了，那是……
忽然，他想起之前作的夢。
波浪滾滾而來。黃泉之風吹到身上。脩子被成親拖到大磐石後面。
脩子的模樣變成白蝴蝶，一碰到大磐石就倏地消失不見了。
陰陽師作的夢都有意義，有需要的時候一定會想起來。
「原來……」
是在那後面啊？
在生者無法進入的那個境界大磐石的後面，在無法活著進去的地方。

再次張開眼睛時，大腦稍微清晰了一些，昌浩不經意地移動視線，看到旁邊，大吃一驚。

「呱……?!」

昌浩發出青蛙被壓扁般的叫聲，把眼睛張大到不能再大。

祖父就在他身旁。

不只是在而已，還跟他枕頭並排，呼呼大睡。

◇　◇　◇

「——」

醒來就看到祖父躺在旁邊，因此大吃一驚的昌浩，回想起那個情景，就有種咬碎苦蟲細細咀嚼的感覺。

起初，他的頭腦瞬間一片空白。

然後，他張大眼睛，屏住氣息，正要跳起來時，看到蜷縮在祖父對面的小怪，吊起眼梢搖著頭，好像在對他說「安靜點」。

躺在旁邊的祖父的側臉，皺紋比以前更多，透著濃濃的疲憊感。

不由得緊張地屏住呼吸的昌浩，想起益荒也躺在自己的另一邊，於是在兩人之間躡手躡腳地移動。

昌浩的房間不是特別窄，但也不是非常寬敞。三個大人躺在裡面，還是稍嫌擁擠。

移動到通往外廊的木門前，昌浩才鬆了一口氣。小怪走向他。

昌浩一把抱起白色怪物，走到了木門外。

雨下得很大。昌浩發覺潮濕的冷空氣會飄進屋內，便悄悄關上了木門。

屋裡特別溫暖，應該是有小怪的神氣環繞。

「爺爺……什麼時候回來的？」

昌浩壓低嗓音問，小怪也小聲回答。

「你熟睡後沒多久。」

晴明是在午前離開竹三条宮，在中午回到安倍家。回來時搭乘的牛車，是竹三条宮特地為晴明準備的。

小怪說晴明一回到家，就直接進了昌浩的房間，因為風音的宿體在他的房間裡。

這時候昌浩才想起來，祖父對他說過沒有地方睡覺，要借用他的房間。

其實，有風音的宿體在也沒什麼關係，只是怕事情傳出去，道反的守護妖們會來找碴。

光想都覺得很難應付，麻煩到了極點。為了避免這種事發生，昌浩也會作出跟祖父一樣的選擇。

稍微湧現同理心的昌浩，不禁望著西方沉思。不知道六合好不好？不對，他因為神氣枯竭才被扛去了道反的聖域，怎麼可能好呢？

「現在大約是什麼時刻呢……」

頭腦比睡前清爽了一些，但還是覺得全身都很疲憊。

「應該是申時過半了。」這麼回答的小怪搖搖尾巴說：「來接晴明的人快到了，要叫醒他。」

「接他？」

「竹三条宮的人會來接他啊，他只是回來休息一下而已。」

昌浩驚訝地張大了眼睛，小怪從他手上鑽出來，從木門溜進了屋內。

「晴明，起來啦，接你的人快到了。」

聽到從木門縫隙傳來低喃般的叫喊聲，昌浩不由得嘆了一口氣。

從縫隙可以窺見祖父疲憊的臉，他希望祖父能多休息一下。他會這麼想，十二神將當然也會這麼想。

但是，圍繞晴明的狀況，不允許晴明那麼做。

昌浩不忍心看，背向了木門。

在回應聲後，傳來梳洗更衣的動靜。缺乏活力的聲音，刺痛了昌浩的心。

「哦，是嗎……」

他深深覺得，祖父會如此疲憊，不只是因為老、因為陰陽師的職責，還因為自己的壽命。

垂頭喪氣的昌浩，現在終於可以理解神將們的心情了。

可惡的冥官，幹嘛沒事找事做，特地來告訴爺爺自己剩下的壽命呢？

什麼溫情嘛，怎麼想都是惡意、壞心、犯意、歹毒，歸根究柢就是找碴。

滿腔怒火滾滾沸騰的昌浩，心想下次再見到那位鮮少出現的愛找麻煩的老兄，就看他怎麼給個交代。

昌浩以兇狠的眼神瞪著雨時，從上頭傳來詫異的低喃聲。

「你這是什麼表情啊……」

半瞇著眼睛往上看的昌浩，與滿臉疑惑的祖父四目相交。

小怪好像還在屋內。可能是打開唐櫃在找什麼東西，傳來微微的聲響。

「有很多事……都不知道該怎麼辦才好……」

「哦？」

聽到孫子的話，走出來外廊的晴明把眉頭皺得更深了。

「昌浩，我必須去竹三条宮，益荒大人的事可以交給你吧？」

「啊，益荒他……」

晴明舉起一隻手制止了昌浩。

「他為什麼在這裡，紅蓮已經告訴我了。詳細情形只能等他醒來再問，不過，可以確定海津見宮一定發生了什麼事……」

聽出語氣不一樣，昌浩猛然張大了眼睛。

「現在爺爺不會阻止你。」

「咦……」

「但是……你要稍微替紅蓮和勾陣想想。」

老人稍作停頓，露出豁達的眼神，淡然一笑。

「老是讓他們操心的我，是沒資格說這種話，但是，他們是真的很擔心我們。」

昌浩太清楚祖父想對他說什麼，所以不發一語，只是順從地點頭。

然後，終於下定決心說那件事。

「爺爺……」

「嗯？」

儘管雨聲會掩蓋所有聲音，他還是壓低了嗓音，以免傳進屋內。

「呃……哥哥他……」

好不容易說出口時，響起了大門的敲門聲，是竹三条宮派來迎接的人到了。

幾乎在同一時間，小怪也從木門縫隙探出頭來說：

「晴明，都找齊了。」

「是嗎？謝謝你，紅蓮。」

「實在不太想讓你去呢……」

小怪臭著臉低嚷，晴明摸摸它的頭後，詢問昌浩：

「昌浩，你要說什麼？」

「啊……」

昌浩張大著眼睛，支支吾吾，嘴唇顫抖，甩甩頭。

「我……我夢見哥哥……成親哥哥……覺得……自己還是贏不了他……」

晴明眨眨眼說這樣啊，然後露出慈祥的笑容。

「說得也是，他啊，嗯，可能真的很難。」

老人細瞇起眼睛說，畢竟在你出生之前，被稱為「晴明的孫子」的孩子，只有他一個啊。

「……」

昌浩默默點頭，一次又一次。

那是他最喜歡的大哥，那是他最尊敬、最信賴的大哥。

即使投靠了敵方，烙印在他心底最深處的情感，他也絕不會捨棄或遺忘。

「不過，成親雖然試著成為我的繼承人，但是……」

晴明低頭看著昌浩，愉悅地說：

「他從沒說過要幫我的忙喔。」

「咦？」

昌浩一時沒能聽懂那句話的意思。這時，從走廊傳來母親叫喚祖父的聲音。

「嗯，我該走了。紅蓮，昌浩拜託你了。」

「交給我吧。」

兩隻後腳叉開站立的小怪，雙眼直視晴明。

「那麼，昌浩，我不阻止你，但是，盡可能不要冒險。」

晴明說完後，拿著小怪替他準備的道具包出去了。

昌浩豎起耳朵，聽著載祖父離去的牛車在雨中遠去的車輪聲。

5

為了看見看不見的未來。

◇　◇　◇

被問到孩子的名字。
他無法回答。
以往他都知道是男、是女。
這次怎麼樣都看不見未來。
看不見胎兒的未來。
所以，他拋下一切來到了這裡。

只為了延續看不見的未來。

冷到快凍僵了。
在又黑又冷的沉滯之殿中。
懷抱著虛幻的夢。

在沉滯之殿中，
懷抱著明知不會實現的夢。

◇ ◇ ◇

外面下著傾盆大雨，孩子的祖母看見幼小的孩子正搖搖晃晃走向外面。
祖母抓住孩子的小手臂，問孩子要去哪？孩子回答：

「媽媽叫我過去。」

祖母臉色發白。

孩子的母親在不久前，已經跟肚子裡的孩子一起病死了。

祖母又問幼小的孩子一次。

「不可能是媽媽，到底是誰叫你過去？」

幼小的孩子回答：

「是媽媽。」

拉門外面是傾盆大雨的漆黑暗夜。

滂沱大雨中有個黑色身影。

幼小的孩子指向在雨中慢慢地、緩緩地靠近的身影，笑了起來。

「看，是媽媽。」

身影在晃動，手搖啊搖地召喚著孩子。

言語無法形容的美麗歌聲，鑽進了睜大眼睛、全身僵直的祖母耳裡。

祖母鬆開了抓住小孩手臂的手指。

「媽媽回來了。」

幼小的孩子掙開祖母的手，衝進雨中暗夜。

再也——沒有回來過。

◇　◇　◇

昌浩注視著動也不動的益荒，忽然抬起頭說：

「怎麼回事……？」

他一手按住脖子，感覺有股涼意撫過頸子。

「怎麼了？昌浩。」

正要回答甩動耳朵、滿臉疑惑的小怪時，發生了向上頂的震動。

「唔……！」

屏息衝到外廊的昌浩，看到眼前的光景，不禁懷疑自己的眼睛。

「什麼……」

晚一步出來的小怪和勾陣啞然失言。

泥牆後的土御門大路上，有條金色的巨龍滿地打滾。

巨龍每每彎曲、扭動、伸展，從地底湧上來的波動就會震動大地。
是特別敏感的人才能察覺的微震。震度不強，卻是久久不止的微震。
但是，倘若污穢的雨使陰氣更為沉滯，震動可能會慢慢增強。
龍脈化身的金龍，終於發狂了。
有靈視能力的人才看得見金龍，但是，地震是一般人也會有感覺的現象。
大地也會漸漸被污穢的雨污染。這個地妖會煽動京城居民的不安，激發更強烈的恐懼。
因此變得消極頹廢的心，會招來更多的陰氣。
污穢會擴散。陰氣會沉滯。而風——
「啊……」
昌浩愕然張大眼睛。
「這……是……」
撫過臉頰的又重又冷的風，是昌浩知道的風。
吹來的是黃泉之風，從某處吹到了京城。
連在結界守護下的安倍宅院，都充斥著濃濃的陰氣。
那麼，京城豈不是已經浸泡在沉滯中了？

突然閃過腦海的一句話，無意識地從嘴巴冒出來。

「沉滯之殿……」

木然低語的瞬間，全身寒毛直豎，背脊戰慄。

昌浩緊緊握起拳頭，心想這樣下去會出大事。

「金色的龍……地脈……」

連勾陣都臉色發白，神情緊張的小怪沉默不語。昌浩瞥他們一眼，下定決心，快速結起了刀印。

「縛！」

聽到犀利響亮的咒語，小怪和勾陣都張大了眼睛。

「什麼?!」

「昌浩，你……」

兩名神將的行動完全被封鎖了，昌浩儘管害怕到全身僵直，還是雙手合十對他們說：

「小怪、勾陣，對不起！」

然後，轉身跑進雨中，衝刺加快速度翻過泥牆，甩掉刺向背部的充滿殺氣的視線。

「昌浩，你這小子！」
「快解除法術！」
被禁足法術定住，一步也動不了的神將們，在後面怒吼。
為了撇開他們的怒吼，昌浩大叫：
「對不起、真的很對不起，以後再讓你們好好罵一頓！」
小怪和勾陣都不想讓昌浩的壽命再縮短。
但是，為了保住剩餘的壽命，不管發生什麼事、不管誰怎麼樣了，都必須閉上眼睛、摀住耳朵，過著平靜的生活。
這樣無法完成對藤花的承諾。
「以後一定……」
儘管知道是自己的任性，昌浩還是寧可他們生氣，也不要他們悲傷、痛苦。
全力奔馳的昌浩，轉眼淋成了落湯雞。
小怪和勾陣都是真的、真的非常疼愛昌浩、關心昌浩。
在這之前，他做冒險的事，都會被嚴厲斥責。所以，這次一定也會被罵得很慘——。
「……」

忽然，一個聲音閃過腦海。
——昌浩，退下。
是從沒聽過的語氣。
——退下。——別擋路。
接著，很久以前在愛宕異境，空前激動的勾陣的身影，浮現腦海。
「啊……」
對了，他們是十二神將的最強與第二強。他們真的生起氣來，非常恐怖。
兇將中最具代表性的兩人有多恐怖，當時昌浩親眼目睹過。
因為太恐怖，所以，想起來時，會清晰到身心都瑟縮起來，無法動彈。
想起來了，就是那樣、就是那樣。
「我會全身濕透，是因為雨！我說是雨，就是雨！」
現在正從背部冒出如瀑布般的冷汗，但是，昌浩硬是要想成是雨。
就在這時候。
「起碼要用蔽雨術嘛。」
從頭上傳來指點的聲音，昌浩才反應過來，眨了眨眼睛。
「啊，對喔。」

回應後才疑惑地皺起眉頭。

「嗯？」

昌浩抬起視線，張大了眼睛。

十二神將太陰飛在他稍微上方的地方。

「太陰，妳怎麼來了?!」

邊飛邊用神氣把雨彈開的太陰，聳聳肩說：

「當然是因為你跑出來了啊。」

附帶一提，把兩名鬥將完全定住的禁足法術，並沒有定住太陰，那是因為她太害怕小怪，所以盡可能拉開了距離。

她作夢也想不到，昌浩會對自己人的神將們施行法術。但是，仔細想來，確實是有效的手法。那是神將們意想不到的疏忽，昌浩就是看準了那一點。

不論好壞，只能說他不愧是晴明的孫子。

而且，不論是什麼理由，昌浩逃走這件事都會讓最強與第二強面子掃地。

以後會很恐怖，無可比擬的恐怖。

太陰光想都止不住顫抖。

「昌浩，你呀……再怎麼天不怕地不怕，也該拿捏分寸啊。」

聽到太陰的話，昌浩露出疼痛似的表情，縮起脖子，但沒停下腳步。

深深嘆息的太陰，用神氣包住昌浩，邊甩開污穢的雨邊問：

「你要去哪？」

「呃……」

昌浩環視周遭。

他要去的是吹來這個黃泉之風的地方。

以前的事閃過腦海。當時在全京城狂吹的黃泉之風，是從各處被鑿開的瘴穴冒出來的。

「出風口應該在某個地方……」

來到離安倍家很遠的地方，昌浩先暫時停下來。腳下是朱雀大路。

異樣的風從四面八方吹來。可能是捲起了漩渦，看不出風從哪裡吹來。

「太陰，知道這道風是從哪裡吹來的嗎？」

神將環視周遭好一會說：

「不行，陰氣太強……」

眼神嚴峻的太陰喃喃說道。風會散播陰氣，捲起旋風，好幾個漩渦相互衝撞，形成更大的波動。

產生風的地方應該在某處。像以前脩子鑿穿的那種瘴穴，可能在京城裡，也可能在京城外，起碼封閉那個瘴穴，就能止住黃泉之風。能止住傳播陰氣的風，京城的狀況就會好一點。

屏氣凝神搜尋風的來源的昌浩，腦海閃過某個想法。

瘴穴是連結黃泉之風的通路，是連結異界的——。

「路……」

掌握到什麼的瞬間，昌浩腳下掀起了金色的波浪。

「哇！」

狂亂的地脈伴隨著微微的地震，蜿蜒曲折地舔過地表。

昌浩發現有黑色線條混雜在金色波浪裡，金色波浪逐漸變成斑駁模樣。

那些黑色線條是陰氣。斑駁的波浪在雨水積成河川般的朱雀大路奔騰。

不只朱雀大路，整個京城都下著污穢的雨、吹著黃泉之風，陰氣瀰漫。

降落到昌浩身旁的太陰，身體哆嗦顫抖。昌浩看到她的臉色蒼白得嚇人，瞪大了眼睛。

「妳還好吧？太陰。」

「咦，什麼好不好？」

「還問我什麼……」

就在昌浩開口的瞬間，眼角掃到黑影。

反射性地移動視線的昌浩，猛然倒吸一口氣。

雷鳴轟隆，紅色閃光陰森森地照亮了四周。

混在黑暗和雨中靠近的東西，不知何時包圍了昌浩和太陰。

那些東西有枯木般的四肢，頭上長著角，氣息與有生命的東西完全相反，充滿了陰氣。

昌浩認得那些東西散發出來的氣息。

竹三条宮有這個氣息的殘渣。今天早上昌浩用勾玉的力量祓除的，就是它們留下來的陰氣。

小妖說那些東西是妖魔，性質跟它們那樣的妖完全不同，是魔。

吹來的風瀰漫著妖魔們散發出來的陰氣。

「太陰……」

聽到叫喚聲，神將默默掃視周遭。四面八方都是蠢蠢欲動的妖魔，只有一條路可逃。

妖魔們逐步縮短了距離。

「先逃吧。」

太陰抓住昌浩的手臂，往上飛。同時飛撲過來的妖魔的爪子，扯裂了昌浩的袖子和狩褲。

爬上屋頂的妖魔們，跳起來撲向太陰和昌浩。逃過它們的魔掌，要往更上面飛的太陰，聽到震耳欲聾的雷鳴，不由得閉上了眼睛。

「太陰！」

猛然回神的太陰，看到衝破黑雲的紅色雷光正撲向自己和昌浩。

瞠目而視的太陰，立刻護住了昌浩。神氣的風捲起漩渦，包住了兩人。

昌浩把刀印橫向一掃，大喊：

「禁！」

紅色雷電直直襲向他們。

「唔——！」

從太陰嘴裡溢出嘶啞的慘叫聲。神氣四散，衝擊力將兩人像球般拋飛出去。

沒有被燒成黑炭，是因為昌浩的法術削減了落雷的威力。

沒有任何緩衝直接掉進積水裡的太陰，全身嚴重發麻，不能動彈。

勉強可以行動的昌浩，用左手抱起太陰後，立刻以刀印畫出五芒星。

群起攻來的妖魔們被彈飛出去。

「停下步伐，阿比拉嗚坎！」

往前衝的妖魔當場定住，擋住了從後面湧上來的妖魔，前排的妖魔一個接一個被擊潰。

昌浩把太陰扛在肩上，拍手擊掌。

「臨兵鬥者，皆陣列在前！」

說完，從掛在脖子上的道反勾玉湧現驚人的波動。

「萬魔拱服……！」

昌浩揮下高高舉起的刀印。

道反大神的神氣化為巨大刀刃，將妖魔化為烏有。

「消……消失了？」

才剛喘著氣低聲嘟囔，膝蓋就癱軟無力了。

全身頓時血色盡失。不但淋到污穢的雨，還被充滿陰氣的妖魔包圍，生氣都被吸光了。

「糟糕……」

昌浩抱著昏迷的太陰，拚命環視周遭。至少要移到可以避雨的地方，否則體力和生氣都會被不斷削弱。

雷鳴轟隆，紅色光芒染紅世界。

「啊……」

不遠處有座橋，是宅院大門前的橋。大門已經半腐朽，隨風搖晃時會發出微弱的軋吱聲響。

大門後的宅院的屋頂，也已經崩塌，完全不像有人居住。

昌浩抱著太陰過橋，推開大門。

為了預防那些妖魔闖進來，昌浩進去後，馬上布下了包圍宅院的結界。

同時，唸短咒語，祓除裡面飄散的陰氣。

感覺蘊藏在勾玉裡的道反大神的神氣，把陰氣沉入了地底深處。這樣應該可以支撐一陣子了。

昌浩踩上損毀大半的台階，走進快要倒塌的圍牆內的宅院。板窗千瘡百孔，竹簾殘破不堪。牆壁崩塌了，外廊的木板也到處都是破洞。

廂房最裡面的主屋堆滿灰塵，屋內空蕩蕩，家具只有隨便擺置的破破爛爛的屏風和磨損的墊褥。

可能是住在這裡的人，搬家時帶走了，或是被夜賊之類的人偷走了。

「……」

昌浩感覺到不同於淋濕發冷的另一種戰慄。

屋內飄蕩著死亡的氣息。難道是住在這裡的人，也生病死亡，白色蝴蝶被帶去哪裡了嗎？

昌浩拍去墊褥上的灰塵，讓太陰躺下來，自己也坐下來喘口氣。

「紅蓮在的話，就可以叫他幫我們烘乾。」

喃喃說完本人聽見一定會盛怒的話後，昌浩再次環視屋內。他想取暖，可是找不到火盆，也找不到可以當成火種的東西。

忽然，他發現勾玉在衣服下面發光。道反大神的力量，暖暖地包住了昌浩和太陰。

神的力量是極陽。感覺被雨和妖魔奪走的精氣，正慢慢補回來。

不知不覺中變得短淺的呼吸，又恢復為原來的深層、徐緩。

濕掉的衣服也不知何時完全乾了。

昌浩從狩衣外面按住勾玉，鬆了一口氣。

「獲救了……」

不知道這個蘊藏在勾玉裡的神的力量，能不能讓被陰氣的雨逼到發狂、暴怒的龍脈恢復正常呢？昌浩感覺未必做不到。
但是，沒醒過來的益荒的臉、向三柱鳥居祈禱的齋的身影，閃過腦海。
只要污穢的雨下不停，即便把瀰漫京城的陰氣都袚除了，也無濟於事。
必須想辦法。
只因為這個念頭，就反射性地衝出來了，卻不知道該怎麼做。
只知道必須做什麼。
必須止住污穢的雨、平息暴怒的龍脈、袚除京城的陰氣。還有，必須找出可能在黃泉入口的大磐石後面的內親王脩子的魂虫，送回宿體。以及，拯救因罹患污穢之病而有生命危險的人們。
但是，該怎麼做才能做到呢？
「……」
昌浩目不轉睛地注視著自己的手。
力量還不夠，即使傾注所有靈力、燃盡生命也不夠，遠遠不夠。
昌浩緩緩握緊雙手，垂下了頭。
忽然，右肩深處劇烈疼痛。痛到他不禁按住的肩膀，隱隱有股疼痛的灼熱。
被成親擊碎的肩膀的骨頭，應該已經被天一的移身法術治癒了，卻不斷產生還留著傷口般的疼痛，如脈動般擴散開來。

「……唔……」

就是在這個時候，面部扭曲呻吟的昌浩，耳朵拂過微弱的拍翅聲。

同時，從遙遠的彼方傳來扭曲破碎的歌聲。

——……

昌浩倒抽一口氣，站起來。

圍繞著結界的屋內，開始瀰漫陰氣。

「糟了……」

大驚失色的低喃從昌浩嘴裡溢出來，他暗忖難道是污穢的雨削弱了法術的效果嗎？

彷彿與他的叫聲呼應般，才剛叫出聲，肩膀的疼痛就遽增，從右手臂長驅直下穿透指尖。

「唔……！」

痛到快要窒息的昌浩，抓著右肩，單膝跪下來。

閉上的眼皮背後，有好幾條紅色雷光。

雷鳴轟隆作響，劃破劇烈的雨聲，震撼耳膜。

陰氣的風吹在昌浩和躺著的太陰身上。

驚人的轟隆聲刺穿耳膜。

同時，紅色雷光劈落在宅院的院子裡。雷光穿透眼皮，把視野燒得通紅。

響起微弱的耳鳴，完全聽不見那之外的聲音。這是因為雷鳴聲太大，導致兩隻耳朵出現了異狀。

昌浩把手臂舉到眼前，緩緩張開眼睛。

紅色閃光已經消失，四周一片塗了黑漆般的黑暗。

視野中央會透著朦朧的綠光，可能是因為雷光烙印在那上面。

連眨好幾下眼睛的昌浩，努力維持平緩的呼吸，但是，越想控制呼吸，心跳就跳得越快，呼吸也越來越急促。

雨聲又回來了，是嘩啦嘩啦痛擊地面的劇烈聲響。昌浩發現那個沉重的拍翅聲混雜在雨聲裡，猛然屏住了呼吸。

「……」

環繞宅院的結界，被剛才的紅色雷電徹底破壞了。

雷鳴轟隆，劃過紅色閃光。

可以看見宛如黑霧般的黑虫群，在滂沱大雨中蠕動。

那後面有個身影。

昌浩的心臟跳得更快了。

黑虫群一分為二，頭披襤褸黑衣的纖瘦身軀，無聲無息地走過來。

昌浩看到比黑夜更黑的黑暗，從那個女人的身軀延伸出來。

雨聲和黑虫的拍翅聲逐漸遠去，取而代之的黑暗吞噬了昌浩和太陰。

◆　◆　◆

竹三条宮的庭院，被污穢的雨淹成了淺淺的水池。滂沱大雨敲擊水面，不斷濺起水花。

站在雜役房舍屋頂上合抱雙臂的青龍，忽然顫動了眼皮。

「——」

他用嚴厲的目光環視宮殿。這個宮殿裡，有很多人因為會導致死亡的病臥床不起。

症狀是發燒、咳嗽不止，最後吐出鮮血和白色蝴蝶，斷氣身亡。
一般人看不見的白色蝴蝶，都消失在某處了。
藥師救不了他們，僧都的祈禱也沒用，那是名為「神治時代的咒語」的病。
激烈的雨聲裡，夾雜著不知從哪傳來的新的咳嗽聲。
青龍不悅地瞇起眼睛，因為他知道死亡的陰影正慢慢靠近竹三条宮。
他把視線轉向宮殿中央的主屋，低聲叫嚷：
「晴明，再有人死亡，你就得回家。」
如果晴明試圖抵抗，不論要背、要扛，青龍也會把他帶回家。要不然，充斥這個宮殿的陰氣和死亡的陰影，一定會纏上他的主人，腐蝕他的身體，削弱他僅存的生命之火。
天后微低著頭，站在內親王脩子的床所在的主屋屋頂上，應該是在窺視待在她腳下的主屋裡的晴明的狀況。
天后緊繃的臉，籠罩著陰影。可以看出不只是因為擔心主人，也因為神氣正慢慢被削弱。
身為水將的她，正操縱神氣把雨擊退，並沒有淋到雨。但是，待在污穢沉滯、陰氣充斥的人界，光呼吸都會吸入陰氣。

青龍也一樣。

深深吐出一口氣的青龍仰望天空。

紅色光芒撕裂烏雲，劈哩劈哩的雷鳴巨響敲打著耳朵。

他討厭雷電。當雷電靠近，就會湧現無法言喻的危機感，讓他有種被逼迫的感覺。

「……」

青龍微微瞇起眼睛。

啊，又聽見咳嗽聲了，又有人被死亡之病困住了。

這個竹三条宮恐怕又要多一具被送去雜役房舍的屍體了。

「唔……唔……唔……」

她蒙上外褂，用手掌摀住嘴巴，拚命壓住咳嗽。

為了不被任何人聽見；為了不讓任何人聽見。

可以想像那是怎麼樣的咳嗽。

這個病跟正要奪走脩子性命的病是一樣的。
「……唔……唔……」
幸好旁邊都沒人在。要是被那三隻小妖聽見，不知道會引發多大的騷動。
胸口深處又悶又熱。
「唔……」
藤花在外褂底下把身體縮成一小團。
泛著淚水的眼眸，在微張的眼皮下顫動。
快窒息了。自己拚命忍著，咳嗽卻還是一直湧上來，好痛苦。
原來脩子一直在忍受這樣的痛苦？
為了不讓自己咳出來，藤花閉上眼睛，咬住嘴唇，吸了一口又細又長的氣。
「唔……！」
胸口好痛。會覺得胸口糾結起來，不只是因為咳嗽。
自己明明有他會回不來的預感，卻還是讓他去了。
讓他背負一切，自己卻在這裡被他保護著。
「喀……喀……」
湧上來的咳嗽止也止不住。好難過。好痛苦。心情沉滯。

「唔……」
自己究竟值不值得保護？
現在才湧現悔意，已經太遲了。
如果他回不來，那麼，自己活著還有什麼意義？
這條生命還有什麼價值？
「喀……」
淚水從緊閉的眼睛滲出來。
呼吸困難。咳嗽從胸口湧上來，伴隨著又熱又冷的東西。
她感覺自己的呼吸非常急促，聲音大到好刺耳。在胸口深處撲通撲通響個不停的心跳，攪亂了心緒。
「唔……唔……」
傳來激烈的雨聲和駭人的雷鳴。
還有，從某個幽深、恐怖的黑暗地底，遠遠傳來了那個美麗的歌聲。
歌聲在呼喚她。不可抗拒的力量纏住了她，甩也甩不開。
歌聲在召喚她。在比黑夜更黑暗的地方蠢蠢欲動的那群人，很久以前就鋪好了路，歌聲要把她帶往那條路。

幾千幾百隻白色蝴蝶，聚集在冰冷水濱，正要前往被歌聲誘導的地方，歌聲要把她帶去那裡。

啊，是歌聲。

歌聲纏住了她的心、她的魂，她就快被拖進黑暗裡了──。

「咯……」

就在拚命嚥下越來越激烈的咳嗽時，心臟突然狂跳起來。

撲通。

湧上來的衝擊貫穿全身，胸口彷彿被堵住般，呼吸困難。

在胸口深處、身體最深處，好像有冰冷的東西在騷動。

歌聲戛然而止，在胸口捲起漩渦的咳嗽浪潮退去了。

「……」

好像隱約聽見什麼聲音。

重低音般的聲音，也可能是在遠處轟隆作響的雷鳴，是她聽錯了。

意識逐漸模糊。

每次都是這樣，自己總是被保護著。

如果能做些什麼該多好，真希望多少能擁有保護誰的力量。

有了可以幫助他人的力量，就可以……

撲通。

心臟狂跳不已。

「……——」

聽見了雷鳴，聽見了雷鳴般的聲音。

那個聲音夾雜在心跳聲裡，藤花還沒分辨出是什麼聲音，意識就沉入了幽暗的最深處。

死亡逐漸充斥京城；死亡正在擴散。

那是神治時代被宣告的咒語的具體呈現，不只是發生在京城，而是發生在這個國家、這個應該是陽光普照的世界的所有地方。

6

波浪的聲音在耳邊響起。

「……」

昌浩在黑暗中緩緩抬起眼皮，環視周遭。

附近沒有任何動靜。

他小心翼翼地站起來，大略檢視過後，確定身體沒有受傷。

「唔……」

身旁傳來微弱的呻吟聲。

「太陰。」

他輕聲叫喚，隔了一會才有回應。

「昌……浩……？」

先傳來活動身體的動靜，然後神氣靠過來了。

「是昌浩吧？」

為了慎重起見，太陰又問了一次，昌浩點頭說：

「嗯，太陰，妳還好吧？」

「我很好……」

隔了一會才回應，可見沒她說的那麼好。

昌浩緩緩吐著氣，對自己施加暗視術。勾玉的波動擴散開來，視野一下子變得遼闊了。

「欸……到底發生了什麼事……？」

太陰疑惑地皺起眉頭。她只記得在朱雀大路被妖魔包圍，要逃走時被落雷擊中了。

也難怪她感到疑惑，因為這裡顯然不是朱雀大路。

昌浩搖搖頭說：

「可能是被拖進了什麼地方。」

被智鋪眾，不，應該說是被黃泉妖魔。

雖然不確定這是什麼地方，但感覺是夢殿的盡頭，或是界與界之間的狹縫，或是類似那樣的地方。

波浪聲越來越靠近。

昌浩的眼皮震顫起來。

「是黃泉之風……」

從傳來波浪聲的方向，吹來根本就是陰氣的冷風。而且奇怪的是，又有性質不同於黃泉之風的風，吹向波浪聲的方位。

那是道沉重的風，帶著污穢的雨的氣息。

昌浩定睛凝視風的流動，發現風搬運著閃閃發亮的東西。

「那是什麼……」

同樣注意到那個東西的太陰，疑惑地低喃。

那些閃閃發亮的東西，宛如帶點白色的螺鈿粉末，乘風而來，碰到波浪就沉入了水裡。

沉入水裡的粉末，忽然變大擴散。

「啊……！」

太陰瞪大了眼睛。

宛如白色螺鈿碎片的東西，變成了白色蝴蝶、變成了魂虫。

浮現出閉著眼睛的人的模樣的白色翅膀，邊拍動邊掙扎，像是試圖逆水而行，但是卻抗拒不了，逐漸往下沉。
多到數不清的白色蝴蝶們、魂虫們，接二連三消失在水底。
小小的黑色泡沫取而代之，從水底浮上來。在水面上破裂的泡沫水花，化為黑色粉末，被黃泉之風帶走了。
啞然看著那個光景的昌浩，背脊一陣戰慄。
那是黃泉的妖魔，那是在人界湧出匯集後會變成妖魔的妖氣粉末。
昌浩的心臟狂跳。
魂虫走了，妖魔來了。
黃泉的入口就在那裡的水底下，水與那個大磐石相連結。
而且。
大哥就在那裡。大哥和被關在竹籠眼的籠子裡的兩柱神——天滿大自在天神和小野時守，都在那裡。
心臟再次狂跳。
昌浩跑到水濱。捲過來又退回去的波浪，濺起白色水花。毫不在意的昌浩走進波浪裡，太陰也緊跟在後。
走進魂虫接二連三消失的水裡後，昌浩發現無論怎麼前進，水深都只到膝蓋下。

冰冷的水在昌浩膝蓋下晃動。他把雙手伸進水裡，就觸到了摸起來像是沙子的水底。

昌浩的手腳都碰觸到了水底。然而，魂虫卻都沉入了比水底更深的地方，又從那裡面冒出了黑色泡沫。

這裡的水很可能是只有它們可以來來去去的道路。

那麼，黃泉的入口與自己現在所在的地方，難道是相鄰的不同世界嗎？

「可惡，要怎麼去那裡面呢……」

就在這時候，低嚷的昌浩聞到鼻尖前有股淡淡的甜味。

他很快察覺從上風處飄來的奇妙甜膩氣味是什麼。

是屍臭味。

抬起頭的昌浩，看見站在上風處的身影。

是頭披破爛黑衣的纖瘦身軀。

「泉津日狹女……」

昌浩一吼，風就突然靜止了。白色粉末、黑色泡沫也都消失了。

在風靜止的同時，水面也平靜了。女人輕鬆自若地站在宛如塗上層層黑漆的水面上。

泉津日狹女把披在頭上的布掀到背後，把抹了血般的鮮紅嘴唇扭成笑的形狀。

「陰陽師。」

「……」

昌浩毛骨悚然。她的聲音低沉、缺乏抑揚頓挫，卻帶著奇妙的嫵媚，彷彿長驅直入耳膜深處。

明明與泉津日狹女相隔一段距離，昌浩卻有種她在耳邊輕聲細語的錯覺。

「……」

察覺動靜的太陰，抬高視線，看到身旁的昌浩往後退了幾步，盯著泉津日狹女的表情很僵硬。

「昌浩？」

聽到叫喚聲，昌浩露出猛然回神的表情。

望著兩人的黃泉女人，忽地瞇起眼睛，噗哧一笑。

她的美貌讓人驚豔、讓人害怕。

昌浩卯足氣力與泉津日狹女對峙。把腳打濕的水好冷，在只聽得到自己的呼吸聲與心跳聲的黑暗中，昌浩覺得全身有種不明原因的壓迫感。

他無法移開視線。直覺告訴他，只要把視線從女人身上移開就會完蛋了。
不知道這樣經過了多久。
泉津日狹女終於帶著微笑緩緩開口了。
「你有想得到的東西吧？」
「……」
昌浩和太陰都皺起了眉頭，他們猜不出泉津日狹女到底要說什麼。
黃泉女人以風騷的動作指向水面。
漆黑的水面掀起波紋，裡面浮現出好幾個情景。
不由得往那裡看的昌浩，倒抽了一口氣。
「唔……！」
那裡呈現的是，以前在夢裡看到的不曾有過的過去的情景。
泉津日狹女低聲笑著，對愕然張大眼睛的昌浩輕聲說：
「你希望的話，我就讓那些情景成真。」
好幾個情景映在水面上。啊，她笑得好幸福。絕對得不到的未來，在漆黑中無限延伸。
「——……！」

看到這些情景時，昌浩覺得是惡夢，是誘惑人心、動搖意志的陷阱。

雖然沒有證據，但他就是這麼覺得。最後證實，他是對的。

那果然是黃泉的陷阱。

昌浩還察覺到一件事。

只有自己作著這樣的夢嗎？不，恐怕不是。

肯定是所有人都被迫作了這種無法抗拒的幸福的惡夢、這種如實呈現出心中願望的惡夢。

夢越幸福，就會越突顯出現實的痛苦，讓人想逃入夢裡。會削弱活下去的氣力，讓人只想作幸福的夢。

接觸陰氣的宿體失去氣力後，疾病就容易闖入體內，腐蝕身心。

可能是看到昌浩的表情，泉津日狹女笑得更燦爛了。

「陰陽師，像那個男人那樣，過來我這裡吧。」

太陰聽出女人話中指的是誰，肩膀大大顫抖。

「妳對成親做了什麼……！」

黃泉妖魔的眼睛閃爍著妖豔的光芒。

「我對他說，只要他投靠我們，就放過所有他所愛的人。」

不久後，咒語將會帶走所有的人類。但是，只要他願意，就能讓他所愛的家人逃過咒語。

「那個男人很聰明，他選擇了所愛的人，而不是世界。」

與黃泉之神作對，不可能活得下去。

昌浩振作起來，狠狠瞪著在喉嚨深處咯咯竊笑的泉津日狹女。

「家人被當成人質，任誰都會……」

昌浩知道哥哥是多麼呵護自己的妻子和孩子。柔弱的他們的性命被用來當成要挾，那個哥哥即使知道是錯誤的選擇，恐怕也會投敵吧。

他就知道一定有原因。哥哥會投靠把世人帶向死亡的那群人，一定有他相當的理由。

果然沒錯，哥哥的心並沒有被敵人同化。

確信化為心安，在心中擴散。

昌浩吸口氣說：

「通往黃泉入口的路在哪裡？」

被昌浩嚴厲詢問，泉津日狹女顯得有點意外，直盯著昌浩。

「你問這個做什麼？」

「我要奪回被你帶走的人的魂、奪回魂虫！」
心臟撲通撲通跳動，胸口熱了起來。
「我要把成親哥哥帶回來！」
太陰聽見昌浩的嘶吼，高高舉起右手，把神氣聚集在掌心，化為龍捲風。
「看招！」
龍捲風伴隨著怒吼聲撲向了黃泉女人。
同時，昌浩結起了手印。
「縛鬼伏邪、百鬼消除……！」
即將爆發的是昌浩自身的靈力而非勾玉的力量，昌浩的心臟卻在這時候不自然地彈跳起來。
「唔……！」
張大眼睛的昌浩倒吸一口氣，表情凍結。
激烈的疼痛以右肩深處被擊碎的地方為起點，貫穿了全身。
「——唔……！」
痛到發不出聲音、甚至無法呼吸的疼痛，侵襲全身，昌浩當場癱坐下來。
「唔……啊……唔……！」

「昌浩！」

被意想不到的狀態嚇得花容失色的太陰，瞪視著泉津日狹女。

「妳做了什麼?!」

但是，女人滿不在乎地微微一笑，疑惑地偏起了頭。

「我沒做什麼呀……啊，對了，」女人把黑衣披在頭上，不經意似地喃喃說道：

「那個男人說，他已經毀了你，你再也站不起來了。」

「咦……」

氣得要再拋出龍捲風的太陰，把手停下來。

儘管已經奄奄一息，還是強撐著爬起來的昌浩，察覺自己是怎麼回事，整個人呆住了。

「他把靈力……」

昌浩清楚感覺到，被埋入右肩深處的極小的竹籠眼，正在脈動。

那是金光閃閃的竹籠眼的籠子。比小指頭的指甲還要小的竹籠眼的籠子，被埋在昌浩肩骨的最深處。

撲通撲通脈動著。

為什麼這麼做？

不用問也知道，剛才泉津日狹女不是說得很清楚了？
就是為了徹底封鎖昌浩的靈力。
「哥……哥……」
昌浩的意志強烈動搖。
不難想像，若是不能使用靈力，即使有十二神將護衛，昌浩也會陷入險境。
成親明明知道，卻動了這樣的手腳，究竟在想什麼？
昌浩一直相信哥哥只是假裝投敵，但是，真是那樣嗎？
難道是真的？可是……
「昌浩！」
看到成親的靈力從昌浩右肩冒出來，在旁邊跪下來的太陰臉色發白。
「成親……怎麼可以……」
泉津日狹女交互看著啞然失言的太陰與呆若木雞的昌浩，愉悅地笑出聲來。
「原來他說毀了你，是指這個啊。」
泉津日狹女的話帶給昌浩被痛擊般的震撼。
昌浩和太陰努力撐住僵直的身軀，緩緩望向泉津日狹女。
「毀了……？」

因為心情大亂，昌浩發出來的聲音帶著嘶啞。
泉津日狹女露出透著殘酷的笑容，細瞇起眼睛。
「可憐啊。」
泉津日狹女的眼裡泛著喜色，與她表示同情的聲音恰恰相反。
再厲害的陰陽師，若是不能使用靈力，就跟一般人一樣。陰陽師本身失去力量，式神的能力也會減半。
她原本懷疑成親為什麼不奪走昌浩的性命，現在覺得很有趣。他活著，也有意識，卻被封鎖了最需要的戰鬥力。
貿然使用靈力，像剛才那樣的痛苦就會侵襲全身。
「無力的陰陽師，現在你知道愚蠢地仰賴血緣也沒用了吧？」
女人從披頭衣服下露出來的雙眸，帶著嘲笑。
「那個身為你哥哥的男人已經不在了，他為了救家人，拋棄了其他所有一切啦。」
然後，女人把掌心朝向黑色水面。
「讓那個男人看看你將死的樣子吧，以防他對你還有眷戀。」
漆黑的水面蕩漾，浮現顏色。昌浩硬撐著站起來。

「你看吧，那個男人會把所有魂虫帶去給我的大神……」

忽然，女人靜默下來，原本掛在嘴角的笑容消失了。

昌浩清楚看見凝視著映在水面的情景的女人，吊起柳眉，鮮紅的嘴唇微微動了一下。

頭披黑衣的女人，突然沉入水底，沒有濺起一滴水花。

面對突如其來的狀況，來不及反應的太陰，倒吸一口氣，蹬水躍起。

「等等！」

她跟在女人後面跳進水裡，但是，被水底阻擋了。

「可惡！」

昌浩緊張的聲音，阻止了正要爆發神氣的太陰。

「太陰，妳看……！」

聽到不尋常的語氣，太陰回過頭看，發出「啊」的叫聲。

漆黑的水面殘留著泉津日狹女發出來的力量，宛如同袍做出來的水鏡般，映出了其他某個地方。

可以看到好幾個黑色妖魔在黑暗中蠢蠢蠕動。無數的妖魔、鬼群，被什麼帶領著往前衝。

不，不對，它們不是被什麼帶領著往前衝，而是在追殺什麼。

昌浩按著如脈動般疼痛的右肩，愕然凝視著妖魔們追殺的人、凝視著映在水面上的身影。

「哥……哥……！」

「為什麼……」

太陰不禁伸出去的手一碰到水面，就掀起了漣漪，看不見成親和妖魔了。

「啊！」

驚慌失措地把手縮回去的太陰，表情扭曲糾結，快哭出來了。

水平靜後，水面又像鏡子般映出了成親和妖魔的身影。

「這是什麼……怎麼回事……」

思緒混亂的太陰所說的話，正是昌浩的心情。

昌浩屏住氣息，注視著映在水面上的成親。

仔細看，哥哥全身都是傷。顏色有點詭異的斑點花樣的狩衣和狩褲，像是被利刃割破，到處都嚴重裂開。除此之外，還有被撕爛、被扯碎的地方，簡直是千瘡百孔，慘不忍睹。

拖著一隻腳、按著左手臂的成親，拚命跑向某個地方。

短小的妖魔撲到他搖搖晃晃的背上，齜牙咧嘴。

「成親！」

太陰發出尖叫聲。昌浩啞然失言，倒抽一口氣。

成親抓住鬼，毫不費力地剝開它，再把嘴裡銜著衣服碎布和看似從他身上咬下肉來的妖魔，拋到追殺他的妖魔群裡，接著結印、吶喊。

帶頭的一團妖魔被拋飛出去，緊跟上來的一群踏過前鋒，加速衝向成親。

可以看到成親咂了咂嘴。沒有任何燈光，昌浩卻不知為何看得見他解開髮髻的凌亂頭髮，遮住了被染成鮮紅色的左半邊臉。

大驚失色的昌浩的肩膀強烈顫動。

「他的左眼……」

溢出來的低喃十分嘶啞。

瞬間瞥見的哥哥的臉，被像是野獸爪子的利器剜去了左半邊。以那個傷勢來看，左眼恐怕是被毀了。

不只是臉，背部、肩膀、手臂、腳也是，到處都是傷口。

「……」

昌浩猛然倒吸了一口氣。

哥哥穿的衣服是奇怪的斑點花樣。不對，那不是斑點花樣，是被大量出血染成了那個樣子。

「怎麼會……」

怎麼會這樣？為什麼哥哥會被黃泉的妖魔追殺？他應該是跟它們同夥啊。

心臟撲通撲通跳動，右肩劇烈疼痛。

難道不是嗎？哥哥為了救心愛的家人，投靠了黃泉。

沒錯，哥哥投靠了敵方。貫穿右肩的疼痛、法術，就是為了摧毀自己。

不是用來奪走昌浩的生命，而是用來打擊他的心、擊潰他的氣力。

因為那個哥哥是愛護家人勝過一切的人。

雖然很少說出口，但是他的心、他的行動，總是把家人擺在第一。

「家人……」

喃喃自語的瞬間，昌浩內心一震。突如其來的違和感，很快膨脹起來。

成親深愛家人的心，不會改變，也不容置疑。

那麼，成親的家人是誰呢？

毋庸置疑，當然是大嫂和他的孩子們。為了被當成人質的妻子和孩子，他會義無反顧地投靠黃泉。對成親來說，最重要的家人就是妻子和孩子。

但是，只有他們嗎？那個哥哥是心胸那麼狹隘的人嗎？

心臟撲通跳動。

成親是個怎樣的人？

那個人不論何時，都如同愛大嫂和孩子們那般，也愛著安倍家的人。從結婚前到結婚後，這點都沒改變。改變的只有優先順序。

成為參議的女婿後，他還是會說自己是安倍家的人，以生為安倍家的人為傲、以安倍家族為傲。

而且，對那個哥哥來說，很多人都很重要。

包括親人、朋友、陰陽寮的部下們，以及所有與他們相關的人們。

對哥哥來說，那些人都很重要，都像家人、都是他所愛的人吧？

昌浩所尊敬的大哥安倍成親，是胸襟如此開闊的男人吧？

心臟撲通跳動。

「哥哥……」

如果是這樣、如果真如昌浩所想，那麼，哥哥的目的是什麼？

讓人以為他投敵、把昌浩打到體無完膚，甚至施加封鎖靈力的法術，最後還進入那麼靠近根之國底之國的地方，到底為了什麼？

陰陽師該做什麼事？什麼事只有陰陽師才做得到？

如果是自己，會做什麼？

拚命思考的昌浩，眼眸忽地亮起小小的光芒。

「如果是……我……」

即使以生命作為交換，也要阻止企圖實現古代咒語的智鋪眾，徹底封鎖黃泉之門。

為了獨自完成這件事，無論所愛的人會多麼傷心、生氣、怨恨，也會讓自己之外的人都無法行動，把所愛的人都留在安全的地方，獨自完成那件事。

就像昌浩對小怪和勾陣施加禁足法術後衝出家門那樣。

「昌浩，你看……！」

聽見太陰指著水面的叫聲，昌浩張大了眼睛。

成親前進的方向，出現了那個大磐石。

以靈術驅散來襲妖魔的成親，直直往那裡衝過去。

昌浩想起剛才作的夢。

脩子待在比黑暗更暗的黑暗裡，她的周遭有很多人，黃泉之風從那裡吹來。

恐怕脩子就是在那顆大磐石後方，無數病倒的人的魂虫也在那裡。

那裡是黃泉大神掌管的根之國底之國。
活人去不了那裡；不能活著去那裡。
只有接近死亡的人才能去那裡。
想到這裡的瞬間，被埋在昌浩右肩的竹籠眼所蘊藏的靈力，劇烈脈動。
「唔……！」
呼吸困難，劇痛遍及全身，他忍不住單腳跪地，濺起了水花。
掀起好幾道波紋，彼此衝撞抵銷，扭曲變形。
從昌浩的肩膀迸出好幾個竹籠眼形狀的亮光，爆裂四散，照亮黑暗。
接觸到亮光的昌浩和太陰，感覺視野突然擴大了。
原本只有水聲的世界，被他們的心跳聲和呼吸聲、無數妖魔蠕動的氣息和怒吼聲、尖叫聲、慘叫聲等許多聲音填滿，還突然聞到了刺鼻的甜膩屍臭味和獨特的鐵鏽味。
黃泉妖魔從眼前跑過去。根本不在現場的妖魔們發出來的妖氣、陰氣，以及朝它們發出的靈壓和法術的衝擊，都如實傳達到了五感。
剛才只是映在水面上的情景，突然有了實體。
「怎麼會這樣……」

昌浩半茫然的嘟囔，扎入疑惑的太陰耳裡。

「是哥哥的竹籠眼……」

目瞪口呆的太陰抬起頭，看到昌浩抓著右肩，凝視著在眼前展開的光景。

竹籠眼的力量把成親見過、聽過、體驗過的所有一切，都傳達給了兩人。

當所有金色亮光都消失時，環繞兩人的幻影突然不見了。

映出成親身影的水鏡，碎裂成好幾片，好幾個情景接連浮現又消失。

昌浩看到其中之一，倒吸了一口氣。

全身穿著漆黑衣服的冥官，正要砍殺成親。

「啊——！」

不成聲的慘叫從太陰嘴裡迸出來。

一瞬間，右肩的竹籠眼劇烈脈動，把昌浩的思維拉入竹籠眼裡，抹成一片白色。

心臟強烈跳動。

——誤入歧途的陰陽師，獵殺你這種外道，也是我的職責。

那個可怕男人的聲音響起。

◇　◇　◇

鮮血四濺。

從脖子削掉一層皮的劍，翻轉回來，壓住臉頰薄皮後，瞬間靜止不動。

以兇狠眼神瞪著成親的冥官，把劍貼在成親臉頰上逼近他，不悅地低嚷：

「你是要讓我演到何時——」

成親輕輕推開冥官的手臂，讓劍刃從臉頰離開，屏住氣息回應：

「即使有結界，也不能大意吧？」

小心謹慎地掃視周遭，確定沒有妖魔的氣息，成親才放鬆緊繃的肩膀。

冥官的劍抵在他的脖子上。雖然刀身橫擺，不會砍傷，但是鋼的冰冷還是令人忍不住戰慄。

「沒錯，不可疏忽大意。我再往下壓，就能輕而易舉地砍傷你的肩膀和身體，要不要試試？」

淡淡宣告的冥官，雙眸綻放著厲光。

成親慌忙說明。

「等等！」

「等等？」

語氣更具威力了。冥官用遠勝於嘴巴的雄辯眼神，威嚇成親說你是在跟誰說話！

「對不起，請等一下，我有事情想拜託您，請聽我說。」

感覺劍尖稍微後退了，成親才安下心來，再次作確認。

「只要待在這個結界裡，黃泉那些傢伙就看不見也聽不見吧？」

「當然是。」

回應一聲的冥官，顯得很不耐煩，把劍完全放下來。

「說吧，假裝誤入歧途的演技很爛的陰陽師。」

「是……」

哇，好難纏！成親邊回應邊想，這個男人真的好難纏，果然如達到一人人外魔境境界的爺爺所說。

剎那間，劍尖移到了成親的下巴下面。不知道為什麼，沒有說出口的話好像被冥官聽見了。或者是種種壓抑的心情，全都顯現在臉上了？

成親捏了把冷汗，心想如果是這樣，表示現在的自己毫無餘裕。
「呃……老實說，我有事情想拜託冥官大人。」
「哦，好巧啊，我也有事情要命令你去做。」
成親的眼神飄忽了一下，心想我說有事想拜託你，你竟說有事要命令我？
但是，這也合理。因為死後變成鬼的這個男人，生前死後都是冥府的官吏，既是境界河川的守門人，也是冥界之門的裁定者。沒有這個男人的許可，不能渡過河川，也不能進入那扇門，會在現世與幽世徘徊。
規矩就是這麼設定的。成親不知道是誰設定的，猜想應該是被稱為神的存在，在遙遠的從前設定的吧。
其實，成親之前總覺得這樣的設定有待商榷。不該與人界扯上關係的冥官，為什麼會比陰陽師更偉大呢？
但是，實際見到冥官，他卻莫名地同意就該是這樣。
人類不是他的對手。連到達一人人外魔境境界的祖父，都贏不了他，所以身為人類的成親，恐怕連他的影子都踩不到。更何況，他隨時散發著嚇人的氛圍，感覺光想要踩他的影子，就會被他毫不留情地擊倒。
老實說，他是個很可怕的男人，但不是令人恐懼，而是令人敬畏。

成親自認為膽子很大，卻還是打從心底害怕他。

難怪十二神將對付不了他，成親現在完全能理解了。

冥官瞪著緊張的成親，冷冰冰地開口說：

「安倍乳臭小子。」

「是……」

成親大約可以猜到，這個男人平時是如何對待自己的小弟昌浩。

乳臭小子是指年少不成熟的人，而自己已經超過三十歲，卻還被那樣稱呼。被說不成熟是無法反駁，但絕對不年少了。

不對，在這個男人眼裡，算是非常年少吧？

既定想法很快被粉碎，成親竟然有種釋懷的感覺。

「乳臭小子，你雖是假裝投靠，但是，待在那邊，不久後就會被同化。」

「我想也是……」

聽到那麼殘酷的話，成親自嘲地笑笑。

陰氣會腐蝕人心。在因為污穢的雨而充滿陰氣的人界，人們的心會動盪不安，頹廢散漫。

自己那麼靠近本身就是污穢的死亡之國，不可能不受影響。

待在那個冷到幾乎凍僵的沉滯之殿，成親可以保住動不動就被黑暗囚禁而向下沉淪的思維，那是因為他心中最深處懷抱著虛幻的夢，還有靠那個夢支撐的志向。

「我做了很多不該做的事，已經有覺悟了。」

這麼喃喃低語的成親，露出豁達的眼神。

破壞守護菅生鄉的結界、把兩柱神抓走關起來、指使黃泉妖魔襲擊菅生鄉、把弟弟打到傷痕累累，全都是憑自己的意志去做的。

他不後悔，也沒有罪惡感。內心沒有一絲絲的疼痛。聽到弟弟和十二神將的叫喊聲，也沒有任何感覺。

他自己知道，一定是哪裡開始崩壞了。

所以，有件事必須在自己徹底崩壞之前完成。

「乳臭小子，你在活著的狀態下逐漸被死亡同化，離根之國很近了。」

成親作好了心理準備。活著的人不能進入那個大磐石後面，因為活著的人只要踏進那裡，就會瞬間被污染，成為死亡的俘虜。

「但是，陰陽師可以稍微撐一下。」

「咦？是嗎？」

冥官的話出乎成親意料之外，他不由得反問。雖然冥官馬上狠狠瞪了他一眼，但是，沒有冒出他想像中的惡言惡語。
「當然是。」
成親眨眨眼，想通了。
若是一般人，大概會被徹底污染而死吧？但是，陰陽師可以稍微撐一下，因為陰陽師平時就會接觸到負面想法、妖魔、死靈等陰的東西。
陰陽師雖然已經習慣陰氣、污穢，但習慣並不代表不會怎麼樣，陰陽師只是使用法術來保護自己。因為知道祓除污穢、陰氣的法術，所以可以活下來。
「只要有靈力，陰陽師也能在根之國存活。」
反過來說，靈力用盡就會死。
「也就是說……」成親抬頭仰望天空說：「靈力被封鎖就完了。」
閉上的眼皮底下，愕然浮現昌浩的臉。他知道自己被施加了封鎖的法術，不知道會受到多大的打擊呢。
在昌浩出生十七年後，成親第一次抱定讓弟弟徹底討厭自己的覺悟。
「乳臭小子，我要你進入根之國。」
「什麼？」
成親不假思索地反問，冥官用冰冷的眼神重複一次。

「我要你進入根之國，把被奪走的魂虫送回現世。」

不知何時冥官又把劍尖抵在成親的脖子上了。

像冰一樣的眼神更尖銳了。

「答案呢？」

成親眨眨眼睛思忖。

如果說不要，一定會被一劍砍死。

「我會妥善處理。」

「務必送回。」

「我說我會……」

「不要讓我說太多次。」

就在這個瞬間，對於十二神將厭惡這個男人的心情，成親頗能感同身受。

他輕輕嘆口氣，挺直了背脊。

「那麼，請答應我一件事。」

聽出成親改變了語氣，冥官的眼睛閃過厲光。

「不論今後會怎麼樣、發生什麼事，我都希望你能盡你所有的權限，保護我的家人，以及與他們相關的所有人……！」

成親扯開嗓子大聲要求，男人冷冷地眯起眼睛，回他說：

「如果你逃得過這把劍，我會考慮。」

這句話是什麼意思？成親一時沒有反應過來。

「咦？」

被高高揮起的銀白色劍尖，發出呼嘯聲，掩蓋了成親從嘴裡溢出來的低嚷。

◇　◇　◇

7

強忍著從左半邊臉襲來的劇烈疼痛的成親，不禁對腦中突然浮現的那些情景苦笑。

「竟然在這種時候……」

在不會被智鋪眾發現的結界內，成親第一次跟那個可怕的冥府官吏交談，進行了交易。

正煩惱不知道該怎麼做冥官才會出現時，冥官就出現了，幫了他大忙。不過，冥官撂下「如果你逃得過」這句話後，就像獵人獵殺受傷的野獸般對他窮追不捨，也把他整慘了。

他也想相信冥官有拿捏好分寸，既不會殺他，也不會讓黃泉那邊產生懷疑，但是，怎麼想還是覺得那個男人是真的想殺了自己。

想必冥官是認為，沒有能力逃得過的無能陰陽師的要求，也不值得聽吧。

他好想告訴厭惡那個男人的十二神將，他真的、真的、真的很能理解他們的心情。

「唔……！」

妖魔的爪子劃過肩膀，響起肉被剜去的鈍重聲。全身各處被剜去、被扯斷、被咬掉、被撕裂，傷痕累累，熱熱的液體滴滴答答流個不停。

大量的妖氣追上來。

成親回頭結印吶喊。

「破邪、急急如律令！」

成群湧上來的妖魔，被拋向四面八方，肉片橫飛。全身沾滿同伴的肉片也毫不在乎的下一團，又追上來。

成親感覺生氣和鮮血、靈力，同時從全身的傷口流出去了。

每次呼吸，胸口和喉嚨深處都會火辣辣地刺痛，血腥味也會隨著吸氣湧上來，他好幾次都靠意志力吞下去了。

「好遠……」

成親搖搖晃晃前進的目標，是被他稱為沉滯之殿的地方。那裡面向黃泉入口處的大磐石，是神的力量還能勉強到達的地方，所以成親的靈術也還能勉強發揮作用。

大磐石遠遠聳立在黑暗中，那後面有多到數不清的魂虫。

那個可怕的冥府官吏命令他把那些魂虫送回人界。

他原本就打算阻止黃泉的企圖，所以不用冥官命令，他也會把魂虫送回去。

能把奪回魂虫這件事當成交易條件，成親覺得很幸運。

弟弟昌浩和神將們在榊眾之鄉遭遇的所有事，他都偷偷看著。

弟弟陷入絕境時，他都是袖手旁觀，但是，智鋪祭司還是不相信他。

智鋪祭司早已做好準備，等著設法逃過冥官的追擊，勉強保住性命逃來沉滯之殿的成親。

他知道自己被懷疑了。本以為全身都是真的刀傷就能矇騙過去，但是，他想得太天真了。

那傢伙附身在九流族男人的宿體內，以前也曾經是智鋪的宮司、智鋪的宗主，每次都是使用他人的遺體。

成親快知道那傢伙的真面目了，只是還不敢確定。

但是，如果成親的猜測正確，那麼，那傢伙就是比黃泉之鬼、泉津日狹女更恐怖的存在。

不論使出任何本領、構思任何對策，都沒辦法打倒那傢伙。不可能打倒那傢伙，因為打不倒。

他好不容易才找到破綻，使出全力對那傢伙施加縛魔術，然後奔向黃泉的大磐石，途中又被成群的妖魔阻擋。

他奮力突破重圍，驅散追上來的妖魔群，但是，快撐到極限了。

「唔！」

腳被什麼纏住，身體失去平衡的成親，當場跪下來。他看到像是長指頭般的東西，層層纏繞在腳上。

生氣從被碰觸到的地方一舉流出去。

頭暈目眩的成親，用右手結起刀印，從喉嚨深處擠出聲音。

「裂破……！」

他揮下刀印刀尖，用靈壓的刀刃斬斷妖魔的指頭。飛出去的指尖彷彿有自己的意識，刺進了他的左手臂。

指頭深掘嵌入肉裡。

「唔……！」

劇烈的疼痛讓他意識模糊，他靠意志力把快要沉入黑暗的思維拉回來。

好幾道氣息與吼叫聲逼近。駭人的妖氣扎刺著皮膚，快要把他壓垮的強大壓力壓得他無法呼吸，全身骨頭發出慘叫聲。

他反射性地把腳往後縮，對準指頭嵌入手臂的傷口，用刀印畫出五芒星。

「縛！」

鑽動的指頭被靈力攫住。他揮動刀印，擺出祓除的動作，指尖就被血肉橫飛地拔出來了。

「唔……！」

即使冷汗直流，成親也沒哼一聲。反過來，把靈力注入拔出來的妖魔的指頭裡，再拋向衝過來的妖魔群。

指頭裡殘餘的妖力被靈術控制，爆開來，把數不清的妖魔群炸飛出去。

「唔……」

成親邊劇烈喘息邊站起來，視線掃過黑暗無盡延伸的沉滯之殿。

離大磐石還有段路。

再往前走一點，會有波浪捲過來，大磐石就在越過波浪的地方。

想要往前走的成親，踩出去的腳沒有力氣，膝蓋一彎就蹲下來了。他呼吸困難，剩下的一隻眼睛視線模糊不清。

緩緩移動視線，就看到剛才被妖魔抓住的腳，彷彿被燒過般嚴重潰爛脫皮。

感覺得到腳在脈動、發燙。

「真是的……」

黃泉妖魔這種東西，就是這麼難對付，絕不能交給其他人。

成親邊警戒邊觸摸爛掉的地方。不痛，沒有觸摸的感覺。

「再努力一下就行了……」

他喘著氣，注入剩下不多的靈力。幸好不覺得痛，沒有痛感，就不會分散注意力，唯一的困擾是不太能行走。

「站起來……」

趁急促的呼吸暫停時激勵自己，強撐到嘴唇扭曲的成親，顫抖著站起來。用模糊不清的眼睛找到的黃泉大磐石，還稍微有段距離。

從這裡施行法術太遠了，到不了。

安靜得出奇。應該已經追上來的大批妖魔的氣息，忽然中斷了，自己撲通撲通狂跳的心跳聲聽起來特別大聲。

每次呼吸，喉嚨都會發出吹哨子般的聲響。

有生以來，第一次像這樣傷到體無完膚。

身體漸漸發冷。在這個已經很冷的沉滯之殿，身體再繼續冷下去，手腳就會動不了。

所以，要快。趁還能動、手腳還聽使喚的時候，快點行動。

「還差一點……」

雖然速度慢到自己都感到焦躁，但是，大磐石漸漸靠近了。他深刻體會到一步一步前進的重要性，不禁稱讚自己了不起。

努力挪動腳步的成親，眼皮突然震顫起來。

不知道為什麼，昌浩的臉猛然閃過腦海。

「那小子一定是……」

最小的弟弟藉助於十二神將們的力量、藉助於幾柱神的力量，至今不知道這樣戰過幾回了，戰得全身是傷、流很多血。

好幾次倒下，又拚死拚活地站起來。

不論發生什麼事、即使被絕望擊倒，也絕不放棄，會再振作起來。

因為他是那個安倍晴明的繼承人，因為沒有其他人了，昌浩就是那個唯一的存在。

自己沒有那樣的能力，而昌浩有那樣的能力。

宿命選擇了昌浩，沒有選擇自己。

就只是這樣。

使出渾身力氣挪動腳步的成親，察覺風忽然變了。

傷痕累累的背部火辣辣地刺痛，全身起雞皮疙瘩，脖子發涼，戰慄掠過全身。

「來了啊……」

低喃伴隨著喘息，從嘴唇溢出來。

剎那間，一片靜寂的沉滯之殿捲起了冰凍的陰氣漩渦。

「你要抵抗到幾時——」

陰沉的聲音來自智鋪祭司。

成親轉頭越肩環視周遭。

帶領著成千上萬妖魔的年輕人，佇立在黑暗中。

「哇……」

不由得驚嘆的聲音，融入氣息裡。

到底是躲在哪裡？不，是被藏在哪裡？一直讓它們潛伏不動嗎？

那些全都是從大磐石後面走出來的黃泉妖魔。應該已經有相當龐大的數量被送去了人界，卻竟然還有這麼大一群在這裡備戰。可是，不對啊。

「也未免太多了吧……」

根據古事記的記載，黃泉大軍的數量是一千五百。扣掉剛才殲滅的數量、送去人界的數量，大略計算，數量恐怕多到不能以千計。

這個沉滯之殿與人界相連結。黃泉之風會把妖魔送去人界，污染人們，再把魂虫帶回來這裡。

人界有黃泉之風的出口，還有讓魂虫來這裡的路。必須截斷那條路，才能救回病倒的人們。

成親原本想把魂虫送回去，再破壞那條路，所以希望能保存體力到那時候。但是，想得太簡單了。以自己現在的力量，要把那些全部擊倒，根本不可能。黃泉大軍恐怕不只眼前這些吧，因為那個大磐石還沒完全打開。

成親假裝投靠黃泉，也是為了探查它們的目的。

把人們逼死，究竟是為了什麼？成親認為，不知道它們的真正目的，就無法破壞它們鋪好的道路。

與泉津日狹女和祭司共同行動後，成親知道這些妖魔是用來徹底污染人界的邪氣。污穢的雨、膠的邪念，都是用來把人界塑造成跟黃泉同樣的陰氣世界，好讓門完全開啟的策略之一而已。

陰的極致是死亡。死亡增加，就會產生更多的陰氣。

死亡增加，墜入黃泉的人就會增加。入口開啟，出口也會開啟，兩兩相連。

泉津日狹女和祭司想讓出口開啟。打開入口處的大磐石，就是為了讓出口開啟。因為從入口處進入再降落到黃泉深處的人，必須從出口才能出去。

入口之名、出口之名，各有作用。名字是咒語，是既定的戒律。

不論是人、是妖魔、是神，都必須遵從條理。

黃泉的大磐石，亦即黃泉的出口，即將開啟。出口一開啟，比妖魔更可怕的東西就會降臨人間。

那就是神治時代的咒語。

「……」

「陰陽師，放棄吧，你到此結束了。」

智鋪祭司冷冷撂話，雙眸閃爍著輕蔑的光芒。

「沒想到你這樣的鼠輩，也能撐這麼久。」

祭司手中有把劍。沒有劍鞘的劍身，縈繞著紅色閃光，火星發出微弱的聲響四散。

「要阻止我們的咒語，只能靠有能力的陰陽師——你是最後一個了。」

成親被男人散發出來的魔氣震懾，不由得屏住呼吸。他有預感，吸入那樣的魔氣，臟腑會被污染受損。

「所以……你才對他們施咒……」

所謂的件的預言，就是咒語。智鋪眾靠他們操縱的件，消滅了許多術士。那些人都會妨礙智鋪眾實現神治時代的詛咒。所以，智鋪眾擊潰會成為阻礙的人的力量、扭曲他們的心志、引導他們走向滅亡。

「你該高興，因為你是最後一個。」

鋪智祭司咯咯笑起來。

「人類仰賴的安倍晴明已經老了，老到不像樣了。」

如果安倍晴明可以在將近六十年前，力量最強大的時候了斷這件事，世界可能就得救了。

但是，安倍晴明沒有完成這件事。除了他之外，沒有人可以顛覆神治時代的咒語。

在那個時候，這個未來已成定局。

「晴明的繼承人也將在這裡消失。」

成親清楚聽見那句話裡帶著嘲笑的意味。

晴明的繼承人，終究只是繼承人，既不是安倍晴明，也沒有安倍晴明那樣的力量。

祭司充滿輕蔑、侮辱的眼神，似乎在告訴成親，你不是晴明，你做不了任何事。

「太陽也快消失了，人間會充斥更多的邪氣怨靈。」

纏繞著高舉向天的劍身的紅色火花越來越熾烈。

「與我母親為敵的你，應該慶幸可以就此結束，不必面對絕望。」

在顯然寡不敵眾的狀態下被逼入絕境的成親，忽然覺得很可笑。

原來祭司是刻意讓自己逃跑，逃到體力、靈力耗盡為止，就像野獸刻意放走獵物，慢慢凌虐致死那樣。

紅色雷電閃過天空。成親不知道該不該稱為天空，但也只能稱為天空。

紅色雷光蜿蜒劃破烏漆抹黑的天空。

共有七道雷。

「——」

成親咬住嘴唇。

生出神的神，在死後生下來的東西應該是死亡的具象吧？

不可能打倒他，因為不能殺死已經死去的東西。

在祭司眼中閃爍的紅光，是第八道雷。

操縱九流族的宿體的東西，恐怕是雷，是從死去的神的身軀生出來的已經死去的嚴靈。

「八雷神……」

聽到陰陽師因喘息而嘶啞的話，智鋪祭司所依附的身軀猙獰大笑。

轟隆雷鳴響徹沉滯之殿，那是嚴靈的嘲笑。

抖著肩膀喘氣的成親，注視著被高高舉起來的劍尖。

纏繞著紅色火花的那把劍，據說原本就屬於九流族的男人。

以前生活在奧出雲的男人，誤入歧途後，被泉津日狹女和嚴靈奪走了生命和宿體。

男人的魂想必已經去了境界河川或境界門，取回宿體也不能復活了。

但是，奧出雲九流族的祭祀王一定很想取回這個宿體吧。

所以，成親也希望能設法還給他。

祭祀王應該可以跟小弟成為好朋友，所以，成親很想對他說我弟弟麻煩你多關照了。

但是，祭祀王的願望肯定是無法實現了。

因為成親就要在這裡滅了智鋪的祭司。

「……」

智鋪的祭司忽然蹙起了眉頭。

他發現應該已經沒有力量反擊的陰陽師，正在整理凌亂的呼吸。

「你想做什麼？」

明明是螻蟻的最後掙扎，智鋪祭司卻覺得有哪裡不對勁。

「不要做無謂的掙扎了，毫無意義。」

成親瞪著撂狠話的智鋪祭司，淡漠一笑說：

「我拒絕。」

他盡全力舉起虛脫下垂的左手臂，雙手結印。

看到應該沒剩多少靈力的陰陽師一決死戰的模樣，嚴靈的依附體露出輕蔑的笑容。

「愚蠢、愚蠢，讓你這麼做的動力是什麼？」

成親的回應強而有力，完全聽不出已經遍體鱗傷。

「是志氣……！」

沒錯，是志氣，陰陽師的志氣。

是曾被稱為大陰陽師安倍晴明繼承人的人的自尊。
是那樣的動力讓成親振作起來。
「有意思。」
紅色嚴靈聚集在智鋪祭司身上，駭人的轟隆聲震耳欲聾，把塞滿這附近的妖魔照得通紅。
剎那間。
『哥哥……！』
成親微微顫動眼皮。
是在胸口深處。若生命等同於心，那麼，一定是在兩者所在之處。
聲音傳到了那裡。
『哥哥、哥哥！快逃，哥哥！』
『成親，你這個笨蛋、大笨蛋！我馬上過去，你不要衝動！』

啊，好吵。這麼想的成親，瞇起眼睛，微微一笑。

應該是埋入那小子肩膀的竹籠眼，連結了彼此的心。

真是的，這個小弟就是會不自覺地做出這種驚天動地的事，所以很難應付。

在他身旁的十二神將的神氣，一定也給了他助力。哇哇叫的聲音直接在耳裡響起，扎刺著耳朵，就是最好的證明。

不要看。不要看著我。看了只會難過。

不，已經很難過了，難過到明知無法傳達還是忍不住大叫。

成親深刻感受到那種難過，整個心情強烈動搖，方寸大亂。

喂、喂，那個竹籠眼應該沒有這種功能啊。

然而，你這小子，實在是……

『哥哥——……！』

明知無法傳達，你還是會放聲大叫。

叫了又叫，然後懊惱。懊惱聲音無法傳達；懊惱不能阻止我。

你一定會椎心泣血，責怪自己力有未逮。

笨哪，那樣會很疲憊、很難過、很痛苦吧？

但是，你不會從那裡逃走。只要你願意，你可以逃走。

然而，你或許會哭泣、或許會駐足、或許會蹲下。

但是，絕對不會逃走。

因為你知道，自己逃走了，就必須由誰來承擔，所以，你打算全部自己扛。

昌浩，你就是這樣的人。

你或許做不到，但是，在可能做得到的時候，你絕不會放棄。

你就是這麼耿直、笨拙、愛撒嬌、勇敢，教人心疼。

你是我驕傲的弟弟。

所以。

「伏……願……」

眼睛一閉上，就浮現懷念的身影。不是現在，而是你更小的時候的身影。

——哥哥！

你蹦蹦跑過來，很開心地伸出來的手，上面擺著用白紙做成的形狀有些怪異的蝴蝶。

「沉眠於……此水底之……神……」

是的，昌浩，你第一次做的式，就是白色蝴蝶。
那時候，是我這雙手收下了你遞出來的第一次做的蝴蝶。
所以，這次換你收了。
「電……灼……光……華……」
昌浩。
因為有你在，我才能就此捨棄生命。
「急急如律令——……！」

在拍打沉滯之殿的波浪的最底處。
被深深沉入那裡的兩個竹籠眼，放射出金色閃光。
構成籠子的光芒碎裂，被關在裡面的神威解脫後，金黃色和銀白色的雷電立刻翻騰著飛躍起來。
掩蓋紅色閃光的強烈雷光奔馳而過，爆裂的神氣伴隨著轟隆聲，瞬間吞噬了妖魔群。

閃光充塞整個視野，沉滯之殿被轟隆聲震得強烈晃動。

解除封印招來雷神，不僅對妖魔造成威脅，也對成親造成很大的負擔。

「咯……！」

成親隨著乾咳吐出了血的飛沫。可能是受到壓迫的內臟的某處無法承受，裂開或破掉了。

他邊不斷重複著夾帶紅色霧氣的喘息，邊環視周遭。

「……」

妖魔群和那個可怕的智鋪祭司都不見了。

妖魔群也就算了，遺憾的是沒有消滅嚴靈依附體的手感。那傢伙應該只是敏捷地逃過雷神的一擊，不見了蹤影。

不能在此殺死那個男人，是終極遺恨。

不過，神的雷電把所有邪惡的東西，都從這裡徹底擊退了。

吐口氣，體內就陣陣刺痛。血流過多，頭暈目眩。視野逐漸轉黑，意識彷彿就快蒙上一層黑色面紗，他甩甩頭勉強熬過去。

瀰漫現場的陰氣，似乎跟波浪一起被神的雷電祓除了。

刻不容緩。

黃泉之鬼並不是被完全消滅了，可能很快又會從那個大磐石後面吹來黃泉之風，再把妖魔們帶到人間。

只能趁現在。只有現在這個瞬間，黃泉之鬼、泉津日狹女、智鋪祭司都不在，是千載難逢的好機會。

強烈的寒氣和暈眩，襲向踏出步伐的成親。

「唔……」

還不行。還不能倒下。絕不能在這個時候倒下來。

血正在流失，身體冷得可怕。原本就暗的沉滯之殿，越來越暗了。

身體一動，就傳來水滴滴落的聲響。

不可思議的是，每次呼吸都覺得身體越來越重了。

既然血正從身體流失，那麼，身體應該會越來越輕才對。

「唔……」

從使盡所有力氣走向大磐石的成親身上，掉出一個東西。可能是吸滿血變重了，掉落在血泊裡，濺起了些許飛沫。

但是，成親沒有察覺，因為沒有那樣的餘裕。

他有非做不可的事。他來這裡，就是為了做那件事。

在黑暗冰冷的沉滯之殿，冷得快凍僵了。
感覺快被融入黑暗裡了，感覺快被陰氣吞噬了。
他是靠懷抱著虛幻的夢、靠那個夢支撐，才能把持住自我。
用顫抖的手結起手印的成親，瞪著大磐石，張開沾滿血的嘴唇。
「恭……請……奉……迎……」
神祓眾的氏神天滿大自在天神，以及守護菅生鄉的神小野時守神，都還在附近。
神的力量還能到達這裡。
神是光。光就是神。
照亮黑暗的一道光，會成為回到現世的道路。
「雷……之……神啊……」
喉嚨不太能使力；呼吸急促；眼睛模糊。
世界在搖晃，有種蜿蜒扭曲歪斜的錯覺。
就在那個剎那。
——我要你進入根之國，把被奪走的魂虫送回現世。
比妖魔更可怕的男人的清澈冰冷的命令，把成親逐漸遠去的思維硬是拉了回來。
「啊……」
彷彿被狠狠打了一巴掌的成親，用力撐起快跪下去的膝蓋，咬緊牙關。
可是，要進入根之國，真的有點困難。
——送回現世。
成親知道冥官想說什麼。
活著的人不能進入那個岩石後面。一踏入那個只存在死亡的世界，氣就會瞬間枯竭，導致死亡。
但是，那個男人還是命令成親進去。
因為他是陰陽師。因為陰陽師是精通天地之理、操縱陰陽之人。因為陰陽師有時候連死亡都可以運用自如。
但是，即便是陰陽師，做那些事也必須付出相對的代價。
所以，這些傷、被削去的生氣、可能會熄滅的生命火焰，全都是為了開啟那個磐石所付出的代價。
「請將……白色……蝴蝶群……」
既然智鋪眾鋪設了死亡命運的道路，成親就在那上面重新鋪上新的道路。

他要讓魂虫逃離死亡，飛出沉滯之殿，回到原來的世界、原來的宿體。然後，走上冥府原先設定的道路，活到最後一刻，在應有的狀態下結束生命。

碰觸壽命、命運這種事，陰陽師應該做得到，也只有陰陽師才做得到。

黃泉入口已經開啟了。

「引……導……到……現世……」

成親斷斷續續唸完夾雜著氣息的祭文，再用染得通紅的雙手擊掌。

手雖濕了，拍出來的聲音卻傳得又遠又嘹亮。

金色和銀色閃光纏上大磐石，又忽地鬆開，濺起火花。

成千上萬的白色蝴蝶，在那個光芒的引導下，從大磐石後面嘩地湧出來。

『啊……！』

感覺小弟在另一個世界倒抽了一口氣，成親不用看也知道他是什麼表情。

「……」

成親伸出顫抖的手，指尖出現一隻奇形怪狀的純白色蝴蝶。

純白色的蝴蝶纏繞著火花，帶領魂虫們飛向下風處。

看著從那裡跑出來的魂虫，全都跟著蝴蝶往下風處飛去，成親才鬆了一口氣。

「……」

眨著眼睛的成親，想起用靈力做出來的式，淡淡噗哧一笑。

可能是因為在做這個式之前，昌浩的臉浮現腦海，所以，做出來的式跟昌浩四歲時做的形狀有點怪異的白紙蝴蝶一模一樣。

明明想做出更像樣的蝴蝶，卻變成那樣，真是不中用了。

但是，他也因此確定，纏繞著光芒的式的蝴蝶和它帶領的魂虫們，一定會飛向昌浩。

因為成親與昌浩共同持有的記憶，會引導它們。即使昌浩忘了那天的事，記憶也一定會留在他心裡。

然後，魂虫們會飛向位於下風處的風的出口，飛向通往異界的洞。

想必小弟一定會察覺那個洞在哪裡。

畢竟他是大陰陽師安倍晴明的獨一無二的繼承人。

「拜託你了……」

連站著都很勉強的成親喃喃低語。可能是放鬆了，突然覺得頭昏眼花。

忽然，微弱的風的呼嘯聲拂過耳朵。

戰慄長驅直下。

成親還來不及反應，肩膀已經被滑進攻防距離內的身影拉住。他轉頭看時，左胸被銳利的衝擊貫穿。

「……」

時間短到連一次呼吸都來不及。

瞠目而視的右眼慢慢對準焦距，成親才看到逼近眼前的毫無感情的臉。

「我該稱讚你很厲害嗎？陰陽師。」

智鋪祭司發出沒有抑揚頓挫的低囔，同時瞇起眼睛，緩緩往後退。

看著他把手中的劍毫不在意地拔出來，成親也不可思議地不覺得痛。

血滴從沾滿鮮血的劍尖滴下來。沒多久，又多了另一種血滴聲。

是從成親按住胸口的指間擴散開來，已經無法被衣服吸收的血，滴滴答答滴下來的聲音。

成親搖搖晃晃地跪下來。

「嘔……」

吐氣的同時也吐出了鮮紅的霧氣，成親差點倒在地上。但是，他使出最後的力量忍住，撐住膝蓋，努力抬起頭。

還未喪失鬥志的陰陽師，雙眸閃爍著厲光，射穿了嚴靈的依附體。

男人微微張大眼睛，露出殘忍的眼神，笑著說：

「不愧是螻蟻鼠輩，還真頑強。」

他嘲笑著高高舉起了劍，但是，看到在陰陽師腳下擴散的血泊，似乎有點掃興，又放下了劍。

「看來用不著給你最後一劍了。」

祭司說完轉身離去，咻地融入了黑暗中。

「……」

祭司的氣息完全消失，只剩黑暗包圍著成親。

他似乎聽見了從遠處傳來的波浪聲。

吹起了風。從大磐石縫隙飄出來的帶著陰氣的風，將會再吹向現世。

「……」

膝蓋虛脫了。

成親就那樣癱倒在血泊裡。

『啊——……！』

傳來小弟不成聲的吶喊，與神將的尖叫聲重疊。

他心想，糟了，我不想讓你看到我這麼悽慘的樣子啊。

「唔……唔……」

喘鳴從溢出血腥飛沫的嘴唇縫隙冒出來。

『啊……——』

在耳朵深處響起的小弟的聲音，彷彿被截斷般消失了。

「……」

你沒時間慌亂啦，魂虫就快到你那裡了。

智鋪的祭司不會放過那些魂虫，你絕不能大意。

你還有非做不可的事啊——。

沾滿血的嘴唇微微撇成笑的形狀。

有東西映入逐漸缺損的視野裡，成親又張開了快閉上的右眼。

「唔……」

發現掉在血泊裡的東西，成親逐漸失去血色的嘴唇顫動起來。

糟糕，什麼時候掉的呢？好險、好險，沒發現就完了。

「唔……」

他把所有力氣注入已經沒有感覺的手，拚命往前伸。

——原諒我，篤子。

我知道妳一定會生氣，所以偷偷借用了。

我一定會還妳，不讓妳生氣。

我一定會回家，不讓妳哭泣。

我一定會保護妳，讓妳喜笑顏開。

我會保護孩子們、妳、家人等，所有對我很重要的人。

「……」

被眼皮蓋住一半的成親的眼睛，微微動盪搖曳。

他只能保護可以擁入這雙手裡的人。

所以，他一直希望自己能擁有把所有人都擁入這雙手裡的力量。

無愧於安倍晴明的繼承人的稱呼的力量，能被大家認可的力量。

然而，他真正想要的，或許並不是那麼了不起的東西。

——……如果，哪天出現了實力比我更強的人……

就為那個人擁有力量。

——如果有那麼一天，我們就成為那個人的左右手吧。

擁有可以協助那個人的力量。

擁有幫那個人完成志向的力量。

擁有成為左右手的力量。

「……」

伸出去的手快摸到那個東西了。

只差一點點了。

「……——」

◆　◆　◆

8

昌浩和太陰的視野突然變暗了。

「啊……！」

剛才看到的畫面消失了，剛才聽見的聲音也戛然而止了，周遭籠罩在鬱悶的寂靜中。

冰冷的波浪捲向膝蓋以下都泡在水裡的腳。

昌浩從喊到乾渴的喉嚨擠出沙啞的聲音。

「哥……哥……」

遍體鱗傷的成親被留在沉滯之殿，那裡是最靠近黃泉的黑暗。

他必須去那裡。因為只有他們知道成親在那裡，所以，他必須趕快去。

成親的傷勢那麼嚴重，刻不容緩。再不行動會來不及。快走、快走。

會來不及。什麼會來不及？不想去想。別想了，快走。

「——」
可是。
腳不知道為什麼動不了。明明很著急，從來沒有這麼著急過，身體卻像凍僵了般，完全不聽使喚。
呼吸特別困難，不知道該怎麼辦。彷彿一切都是在非現實的遙遠地方被捏造出來的畫面，一點都不真實。
那真的是發生在現世的事嗎？不，說不定不是。
對，就像一場惡夢，如同沒有過的過去之夢、不會到來的未來之夢。
「……」
猛眨眼睛、呆若木雞的昌浩，發現水底極深處亮起了淡淡的白光。
微微的亮光逐漸膨脹擴大，變成耀眼的光芒。
原本平靜的水面激烈搖晃，掀起大浪，濺起水花。
「哇……」
差點被絆倒的昌浩，抓住在他身旁搖搖晃晃的太陰的手，往後逃開。
被光壓住的波浪，滾滾往後退。然後，纏繞著金、銀色火花的蝴蝶，突破浪濤洶湧的水面，從黑暗跳出來。

「蝴蝶……」

仔細看有點奇形怪狀的純白蝴蝶，在昌浩他們頭上盤旋，邊揮灑亮光碎片邊翩翩飛翔。

從翅膀灑下來的金、銀色光芒，如虛幻的火花般啪地爆開消失。

昌浩記得從那個光芒爆發出來的波動。

「是……神氣……？」

很像是從菅生鄉消失的天滿大自在天神的雷爆發出來的火花——。

落雷般的衝擊穿透昌浩腦海。

「難道是……」昌浩愕然低喃。

太陰對著他大叫：

「昌浩，你看……！」

很大一團白色物體，循著形狀奇怪的蝴蝶的軌跡，從水底噴上來。

撕裂水面濺起水花的那團物體，是多不勝數的大群魂虫。

「什麼……」

在奇形怪狀的蝴蝶的帶領下，魂虫們從張口結舌的昌浩和太陰身旁飛過去。

昌浩盯著噴出金、銀色火花飛走的大群魂虫，突然覺得腳下有股淒厲的陰氣，不禁毛骨悚然。
太陰抓住昌浩的衣領，從水面飛起來。
他們前一刻所在的地方，水嘩地鼓起來，成千上萬的妖魔衝破水面跳出來。
「什麼……」
昌浩啞然失言，那些是在沉滯之殿包圍成親的妖魔。
不是都被神的雷一掃而空了嗎？
妖魔群追著魂虫的軌跡奔馳。
昌浩注視著逃跑的魂虫和追逐魂虫的妖魔群，不由得微微顫抖起來。
不是因為冷。
而是因為認知到，竹籠眼讓他看見的畫面是現實。
在這之前，昌浩儘管方寸大亂，心中還是抱著一線希望。
心想自己看到的畫面，說不定是泉津日狹女編造出來的幻象。
說不定是策略，用來攪亂昌浩和太陰的心，重挫他們阻撓黃泉企圖的意志。
昌浩已經知道件的預言是咒語，所以預言已經失效，被宣告的種種咒語可以說都被破除了。
所以，智鋪眾和泉津日狹女，又使出了下一個招數嗎？

成親即使投靠了敵方，在昌浩他們心中仍然是非常龐大的存在。
所以，說不定是那些人把成親拖進這個境界的狹縫，讓昌浩他們看到那個幻影，企圖迷惑他們，摧毀他們的鬥志。
所以，昌浩心中還抱著一線希望，認為哥哥一定沒事。
那只是陷阱，只是做出來的幻影。
現實中的哥哥，應該是在……沒錯，應該是在沉滯之殿。在那個陽光照不到的又冷又暗的地方，活得好好的，完全不在乎孤獨。
「……」
明知不可能是那樣。
昌浩卻想相信是那樣。
太陰用神氣之風包圍昌浩，放開了抓著昌浩衣領的手。
「昌浩……」
桔梗色的雙眸注視著昌浩，像是在訴說什麼。
昌浩垂下了視線。水波蕩漾，掀起波浪。稍微往前走就是水濱，魂虫和妖魔都奔向了那前方。
那裡是下風處。不知從哪吹來的黃泉之風，吹向了那裡。

風吹向哪裡，哪裡就有出口，而出口外可能就是人界。

昌浩眨了眨眼睛。

出口在人界的哪裡？昌浩突然想通了。

冷靜思考，早就有好幾個線索了。

例如，連結異界的地方、異界的人出來的出口、撬開那個出口，招來大量的死亡，再把陰氣傾入充滿污穢的世界的智鋪眾。

例如，被件的預言困住而誤入歧途的少年所在的界、與尸櫻綻放的那個界相連的洞穴被刨開的地方。

例如，從死亡復甦的女人。據說，女人使用以自己的生命作為交換的法術，放火燒光了大群黑虫飛來飛去、染上死亡污穢、陰氣沉滯的那個地方。

「……！」

昌浩咬住嘴唇。

為了祓除陰氣、阻止黑虫和膠的邪念，昌浩布設了結界，把連結異界的洞穴也封住了。

柊子臨死前放的火，卻不經意地破壞了結界，解開了洞穴。

然後，很可能是智鋪的祭司或泉津日狹女，在應該已經被火淨化的九条宅院，又鋪設了通往黃泉入口的沉滯之殿的道路。

昌浩一直認為吹出黃泉之風的地方就在某處，可以說是有這樣的確信。

而且，他也一直很在意被火燒毀的九条宅院廢墟，想找機會去看看，但是被其他事絆住，就延宕了。

為什麼沒有馬上去呢？如果去了九条，一定可以發現黃泉的瘴穴。當場堵住那個洞穴，徹底截斷那條路，說不定就能防止京城瀰漫那麼嚴重的陰氣。

「唔……！」

為什麼總是這樣。明明知道，卻總是察覺得太晚，陷入不可挽回的狀態。

三番五次失去不想失去的人，卻還是……

強烈的後悔襲上心頭，讓他忍不住想大叫。

——……拜託你了……

「咦……」

昌浩猛然張大眼睛。

彷彿近在耳邊的聲音，是不可能在這裡的人的聲音。

緩緩掃過的視野裡，掠過十二神將的長髮。隨風飄起的頭髮，曾在那個尸櫻界被燒毀，是祖父用法術幫她復原的。

昌浩終於把視線轉回到一直待在身旁的太陰的臉上。

「──」

桔梗色的雙眸動盪搖曳，咬住的嘴唇在顫抖，湧出來的淚水化為水珠，沿著白皙的臉頰滑落下來。

那雙眼睛在說我們去接他吧。

去那個又暗又冷的地方接他，不能把他放在那種地方。

風正往這裡吹，可見路還是通的，只要逆黃泉之風而行，就能到那個地方。

現在還來得及，應該可以從這裡去那個地方。

小孩子模樣的神將，全心全意地訴說著。

去接他吧，去把他帶回來吧。

昌浩也想這麼做，也想馬上趕去那個地方。

但是。

「──……嗚……！」

昌浩緊緊握起雙手，平靜地搖搖頭。

神將表情扭曲，欲言又止，默默垂下了頭。

「……嗚……」

壓抑不住的情感攪亂神氣，讓水捲起了驚濤駭浪。

她很清楚，那個哥哥絕對不希望他們那麼做。

那個人早有覺悟了。即使是假裝，從投靠敵人那一刻起，他應該就有回不來的覺悟了。

只要心裡有那麼一點點想回去、要回去的念頭，就會徒勞無功。

那個人很清楚，絕不能做出任何讓敵人產生戒心或有機可乘的動作，再小的動作都不行。

然後，那個人貫徹始終，把昌浩徹底擊垮，還施加了封鎖靈力的法術。

即使做得如此縝密，還是沒能把黃泉那些人騙到最後。

昌浩和太陰親眼看到了他的覺悟，只有他們從頭到尾都看見了。

所以……

昌浩感覺心臟怦怦彈跳，被埋在右肩深處的金色竹籠眼傾軋作響，好似在催促自己。

「回人界……」

聽到昌浩痛徹心扉吐出來的話，太陰強烈發抖。她顫動著嘴唇，使盡全力壓住差點從喉嚨發出來的類似慘叫的吶喊。

「我……我要飛了喔。」

「拜託妳了。」

簡短對話後，神氣的風捲起了漩渦。

兩人只再望了掀起波浪的水面一眼。

又深又暗的水底無限延伸，沒再映出任何畫面。

◆　◆　◆

在安倍家的外廊上被施加禁足法術的白色怪物和勾陣，為了破壞法術使盡全力掙扎。

其實，昌浩施加的禁足法術，只要小怪恢復原貌爆出神氣，就能瞬間破除，勾陣解放神氣也是一樣。

但是，那麼做，安倍家不可能平安無事。十二神將的最強與第二強的神氣一旦爆發，不只安倍家的房子，連環繞安倍家用地的十二神將天空的結界都會碎裂成粉末。

「那小子不會連這件事都考慮進去了吧？」

勾陣氣得雙眸閃閃發光。

在她旁邊的小怪幾乎是面無表情。

「怎麼可能，他敢用房子和天空來要挾我們嗎？」

小怪神情平靜，語氣卻很兇狠，勾陣瞇起眼睛回它說：

「沒錯。」

但是，昌浩明知自己的壽命，卻一直隱瞞得很好，沒讓神將們和神祓眾察覺，也是事實。

如果他說他是假裝臨時起意，其實做了層層布局，那麼，現在的昌浩已經會讓人覺得他那麼說並非唬人而是事實。

以陰陽師來說，這是顯著的成長。要是沒什麼事，他們應該會滿心喜悅。

使用靈力就會削減昌浩的壽命，但身為陰陽師，那是無可避免的事。

更何況，現在是處於智鋪眾設下好幾重精密陷阱的狀態。

他說他祓除竹三条宮的法術，用的不是自己的靈力，而是被注入道反勾玉裡的道反大神的神氣。

現在讓神將們走不開的法術也一樣，是無形的神氣枷鎖，把兩人的腳緊緊釘在那裡。

道反大神的本體是大磐石，那股力量是大地的波動，非常類似地脈。可能是因為這樣，神氣與地脈連動，不斷增強法術的效力。

越抵抗，束縛力越強，而且地脈的波動還會對全身造成壓迫。

「唔唔唔。」

小怪低聲呻吟。

雖然盡量不去想，但是，這樣下去恐怕很快就會被地脈壓垮。

「喂，騰蛇。」

「嗯？」

稍微瞥過一眼，就看到勾陣的表情有點怪。

「可能是我多心了。」

「怎麼了？」

「你不覺得地搖得更厲害了嗎？」

聽到同袍那麼說，小怪眨了眨眼睛。

昌浩看到金色的龍，就飛奔出去了。像當時那麼大的搖晃，僅止於那一次，現在並沒有。

但是，其實一直持續著人類不會有感覺的輕微搖晃，只有神將們勉強可以感覺得出來。

勾陣指的是地面哆嗦戰慄般的輕微搖晃。

儘管增強了，還是不到人類可以察覺的規模，輕微到連小怪都要仔細感受一下，才能斷定的確是在搖晃。

即使知道有在搖晃，也很難判斷出細微的差異。

只能說勾陣是土將，才能敏感地掌握到那種細微的差異。

小怪甩了甩白色耳朵。

「既然妳這麼說，應該沒錯吧。」然後蹙起眉頭，不悅地低嚷：「那又怎樣？」

勾陣像是被那種措辭惹火了，臭著臉說：

「我只是有點在意，對不起，是我多嘴了。」

那種語氣觸怒了小怪。

「我並沒說妳多嘴。」

「你的眼神那麼說了。」

「別妄下斷語，是妳自己想多了。」

酸言酸語的對話，讓彼此間的空氣逐漸緊繃。

「妄下斷語的是誰？」

「妳說什麼？」

犀利的視線相互衝撞，陷入鬱悶的沉默。

情勢一觸即發。就在兩人正要開罵的瞬間，一個忍無可忍的聲音闖入兩人腦裡，介入仲裁。

《都別吵了。》

十二神將天空大喝一聲，語氣雖不激烈，但夠犀利。

「……」

「……」

最強與第二強彼此都把快要衝出喉嚨的你來我往的氣話硬吞下去。

《我可以理解沒跟上的心情，但是這樣出氣太難看了。》

兩人都不由得轉向生人勿進森林。

「誰……」

《兩個都是。》

「……」

正要吼出「誰在出氣啊」的小怪，不高興地動動嘴巴，臭著臉沉默下來。

勾陣兩眼發直，聳聳肩，深深嘆了一口氣。她原本要回嗆「誰在出氣啊」，幸好天空及時補上了那句話。

神氣帶著火辣辣的怒氣，從小怪和勾陣身上冒出來。

小怪的模樣是用來封住神氣的，但是，軻遇突智的火焰很難壓制，怎麼樣都會溢出來，閃閃發亮的磷光不斷纏繞全身。

像螢光也像彩虹碎片的磷光，是天津神的神氣光輝，性質與神將們的神氣有根本上的差異。

勾陣無法排遣悶在心裡的焦躁，無意識地撥開在視野裡閃爍的磷光。

結果，軻遇突智的神氣碎片忽然消失，一股熱氣在掌心擴散。

亮光消失了，神氣卻沒有消失。

纏繞掌心的熱氣，被肌膚咻地吸進去了。

「……」

勾陣眨眨眼睛。

強烈的波動從掌心延伸到手臂，身體忽然變輕了。
現在的京城是沉滯之殿。下著污穢之雨的安倍宅院也暴露在陰氣中，總是覺得倦怠、身體沉重。因為這種狀態持續太久，都已經習慣了。
那種感覺消失了。雖然只有熱氣擴散的手臂半邊，但確實變輕了。
「──」
盯著掌心大半晌，沉默思考的勾陣，終於開口了。
「騰蛇……」
「幹嘛啦。」
回應的語氣還有些暴躁的小怪，詫異地蹙起了眉頭。
「怎麼了？」
因為勾陣的聲音跟剛才不太一樣。
再次反問的小怪，身上依然纏繞著磷光。
勾陣冷不防把手伸到磷光上方。
「嗯。」
不只伸到磷光上方，還在小怪的白毛上毫不客氣地亂抓一通。
「喂！」

勾陣不理會小怪的抗議，繼續抓了好一會後，用纏繞著殘餘磷光的手，去碰觸小怪的後腳。

那是軻遇突智的神氣，從那裡釋放出來的帶著熱氣的波動聚集後，構成禁足法術的道反大神的神氣，就伴隨著琉璃碎裂般的微弱聲響散去了。

小怪瞪大了眼睛。

「喔喔？」

用力轉動重獲自由的後腳，確認有沒有問題的小怪，又被勾陣毫不留情地亂抓一通。

勾陣就這樣靠蒐集到的磷光波動，成功解除了昌浩施加在自己身上的法術。

釋放神氣觀察同袍狀況的天空，發出了感嘆聲。

《原來如此，是天津神的神氣啊。》

道反大神和軻遇突智的神，都是天津神。同類神氣不會相互牴觸，而是會重疊。神的波動相互共鳴，就會去除裡面的異質成分。

這裡面的所謂異質成分，就是身為人類的昌浩的法術。

小怪低頭看自己的身體。

「這東西搞不好有各種用處……？」

不斷冒出來纏繞著身體的磷光，怎麼樣都不會消失。這個原本只讓它覺得厭煩的東西，說不定可以有效利用。

察覺這個可能性的小怪，眼睛閃閃發亮。

夕陽色的眼眸，轉向昏迷不動的益荒。

這個磷光是天津神的神氣碎片。神的力量是光，而光可以說是維持所有生命的陽氣。

現在這個世界明顯失去均衡，嚴重傾向陰氣。在充斥著陰氣的京城，陽氣正逐漸枯竭。

陽光若能照射地面會好一點，但是，降落污穢之雨的黑雲覆蓋天空，遮住了太陽，所以不可能實現。

把火點燃會產生光和熱，那也是一種陽氣。說起來，軻遇突智的火焰就是能製造出陽氣的力量，而且是特別大、特別強烈的陽氣。

「騰蛇？」

小怪背對疑惑的勾陣，甩著尾巴。

「勾陣，妳安靜點……我一分心就沒辦法拿捏力道。」

嘀嘀咕咕的小怪，正在想像軻遇突智的火焰包住益荒的模樣。

這是燒死母親之神的火焰，小怪自己也被這個火焰殺死過一次。

想到這裡，小怪把嘴巴撇成了ㄟ字形。

「……」

不對，是兩次。想起被殺未遂的第二次，它就一肚子火，所以把記憶拋到遺忘的彼方，當作不曾發生過。

覺得殘留的傷痕在胸口隱隱作痛的小怪，露出苦澀的表情。

力道過強，會灼傷神使的身體和魂，所以，必須謹慎操縱神氣。

從小怪身體飄出來的軻遇突智的磷光，如雪花般飄落在益荒因接觸太多陰氣而變得污穢的全身。

屏息凝視的勾陣，忽地垂下肩膀，輕輕眯起眼睛。

慢慢恢復血色的益荒，先是手指動了一下，接著眼皮微微抽搐。

「唔——……」

邊呻吟邊動起來的神使，慢慢張開了眼睛。

「喔，有用呢。」

發出感嘆聲的小怪，目不轉睛地盯著纏繞前腳的磷光時，視線飄移不定的益荒猛然把手伸向了它。

小怪瞬間避開了那隻手，益荒從喉嚨擠出沙啞的聲音對它說：
「請……陰陽……師……」
「什麼？」
回應的是勾陣，小怪默默催促他往下說。
「齋小姐……請陰陽師……趕快去……島上……」
島是指海津島。
「齋怎麼了……」
小怪正要問清楚時，從京城南邊捲起了驚人的陰氣漩渦。
「！」
如龍捲風般強烈的陰氣中，混雜著同袍和道反大神的神氣。
是昌浩和太陰。
神氣與陰氣相衝突，產生了更強烈的波動。捲起漩渦的陰氣轉為黃泉之風，在京城裡散布大量的妖氣。
龍捲風捲起沉滯，從高空灑落陰氣，貫穿黑雲，污染了天空。
「益荒，你待在這裡。」
小怪和勾陣一說完，就衝出了安倍家的宅院。

淋著如瀑布般傾瀉而下的污穢之雨，小怪和勾陣很快淋成了落湯雞，瞬間失去體表溫度，開始發冷。

在行疾如飛的小怪後面追著跑的勾陣不禁感嘆。

全身纏繞著軻遇突智火焰的波動的小怪，儘管失去體表溫度，神氣也完全沒有被削弱的跡象。

勾陣轉頭越肩瞥一眼北方。

煙雨籠罩著靈峰貴船。勾陣心想，說不定高龗神就是因為這樣，才把軻遇突智的火焰擊落在十二神將騰蛇身上。

9

◆ ◆ ◆

早已聽慣了不絕於耳的激烈雨聲。

許久不曾爬起來的篤子，起身倚靠憑几，有意無意地聽著雨聲，不知不覺打起了瞌睡。

聽見嘎噹聲響，篤子猛然抬起了眼皮。

屋內一片漆黑。她想看庭院，所以吩咐侍女掀起了竹簾和板窗，可能吹風吹得太久，有點涼意。

「啊，糟糕。」

篤子慌忙披上外褂，拉攏衣襟，蓋好肚子。

懸掛在外廊屋簷下的燈籠已經點燃，亮光一直照到有竹簾的地方。

忽然感覺到人的氣息。
她環視周遭，發現有人躲在燈籠亮光照不到的帳幔架後面。
眨了一下眼睛的篤子，很自然地出聲叫喚。
「成親大人……？」
很暗看不見，但是，她憑氣息就可以知道是他。
「妳真厲害……」
參雜著苦笑的回應聲，聽起來特別苦澀。
「你怎麼了？好像……」
話還沒說完，篤子就張大了眼睛。
從帳幔架縫隙吃力地鑽出來的丈夫的模樣，簡直慘不忍睹。
「你……！」
看到篤子臉色發白、啞然失言的樣子，丈夫浮現苦笑。
「害怕嗎？」
「不……害……怕……」
因為聲音出不來，所以篤子搖頭給他看。
她不是害怕，只是很吃驚，那模樣也太慘了。

不但沒戴烏紗帽，連髮髻都脫落了，長到背部的頭髮掉到前面，遮住了左半邊的臉，瞬間瞥見的臉上有一大片嚴重的傷口。身上的狩衣破破爛爛，令人不禁讚嘆損毀成那樣，竟然還能保住衣服的形狀。

丈夫的動作異常緩慢，磨蹭似地緩緩走過來。走到篤子旁邊，膝蓋一彎，就直接跪下去了。

「呼……」

垂著頭深深喘口氣的丈夫，疲憊到她從沒見過的程度。

篤子思索著該對丈夫說什麼。

「呃，那個……」

她試著說些什麼，但是，覺得說什麼話都不合適，不得要領地嘟囔幾個字就打住了。

忽然，丈夫的肩膀微微顫抖起來。

「真難得呢……」

成親沒想到篤子也會這樣支支吾吾。

察覺丈夫溫柔的聲音裡帶著笑意，篤子噘起了嘴巴。

「你這副模樣回來，我當然會嚇到啊。」

他在喉嚨深處輕輕竊笑，回應提高嗓音的妻子。

「沒錯。」

然後，再深深喘口氣，篤子的丈夫就把肩膀靠過來了。

丈夫的頭咚地靠在篤子纖細的肩膀上。感覺得出來，他似乎安心了，被頭髮遮住的臉霎時放鬆了。

篤子心想，啊，他現在閉上眼睛了。

明明想回嗆他說你才難得呢，從嘴巴裡吐出來的話卻完全不一樣。

「你要躺好才行喔。」

「嗯……」

小小聲的回應，搔過篤子的耳朵。很久沒聽到這麼有氣無力的聲音，篤子突然很想哭。

太好了，他終於回來了。

累成這個樣子，應該會在家裡乖乖待一段時間吧？

等他休息夠了，康復了，再來逼問他到底都在做什麼。

但是，如果是不能告訴任何人的理由，他可能不會說真話。

壓在篤子肩上的重量更重了。

「我有點……」
「嗯？」
「不，是非常……疲憊。」
篤子眨眨眼睛，半垂下眼皮。
「是嗎？辛苦你了。」
正經八百地回話後，感覺成親微微笑了。
「沒錯……嗯，很辛苦。」
然後，彷彿要把胸口整個清空般深深喘口氣，又困倦地說：
「應該……可以……休息了……」
話還沒說完，丈夫的頭已經從篤子的肩膀，滑落到篤子的膝上。
感覺他有在注意不能壓到大起來的肚子，篤子百感交集，瞇起眼睛說：
「晚安……」
可以知道丈夫聽到篤子溫柔的聲音後，忽然全身虛脫了。
雖然懸掛燈籠的亮光照不到篤子那裡，但是，勉強可以從凌亂的頭髮縫隙看到丈夫的嘴角。
在微暗中閉上眼睛的丈夫，嘴角掛著一抹微笑。

聽到衣服的摩擦聲，篤子赫然張開眼睛。

她眨眨眼，轉轉頭。

好暗。

「啊……對了。」

剛才侍女真砂說要去拿火種，先出去了。

倚靠憑几等她回來的篤子，不知不覺地閉上了眼睛。

現在真砂還沒回來，所以，她閉上眼睛的時間應該很短暫。

懸掛在屋簷下的燈籠，輕輕隨風搖曳。沒多久前，篤子才跟真砂一起看著雜役來把燈籠點燃。

真砂說快入夜了，所以剛才幫她把難得掀起來的竹簾放下來了。

「已經入夜了吧……」

她不確定，但心想應該是。

因為季節的關係，現在白天比較長。但是，長雨帶來的厚厚烏雲，不禁讓人產生沒有白天，一直是夜晚的錯覺。
燈籠一搖晃，亮光就跟著搖晃。冷風吹進來，竹簾隨風搖曳，帳幔架的帳幔也響起摩擦聲。
剛才聽到的可能是這個聲音。
這個聲音把篤子從瞬間作的長夢中喚回到現實。
嘆口氣垂下視線的篤子，猛然張大了眼睛。
身體一動就從膝上滑落的東西，讓她全身僵直。
篤子的肩膀微微顫抖起來，張大的眼睛激烈動盪。
「……」
她用緩緩伸出去的手指觸摸那個東西。
是那個心葉。應該是放在螺鈿的書箱裡，藏在櫥櫃的最深處。
但是，已經跟記憶中的模樣完全不同了。整個心葉被染成紅黑色，到處龜裂，還有個像是被刀劍貫穿的破洞。
應該藏在櫥櫃最深處的東西，為什麼會在這裡？又為什麼會變成這樣？
篤子完全無法理解，怎麼想也想不通，思緒一片混亂。
然而，淚水卻止也止不住。

「……」

為什麼會這樣呢？

捧在雙手裡的心葉，真的是千瘡百孔。

已經損傷到不能再嚴重的程度，完全變樣了。

簡直就是閉上眼睛的瞬間所作的長夢裡的成親的模樣。

◆　◆　◆

黑暗裡響起波浪聲。

從大磐石後面，輕輕飛出一隻比其他魂虫更白、更閃亮的蝴蝶。

那隻蝴蝶一直躲在大磐石的陰暗處，等待四下無人的時刻。

戰戰兢兢的蝴蝶怯怯地拍動翅膀，被來自根之國的風吹得搖搖晃晃，隨風飄流、蕩來蕩去。

只能被風吹著前進的蝴蝶，拚命拍振翅膀，設法重獲自由後，在黑暗中邊觀察邊慢慢飛。

離大磐石很遠了。上風處有波浪，白色水花來來去去。

黑色水面如起舞般蕩漾波動。

另一頭的下風處，沉滯著冰冷的東西，好像會被凍僵。

到處徘徊飛來飛去的蝴蝶，發現一個身影。

在充滿陰氣的地方，有具已經斷氣的完全冰冷的遺體，躺在散發出血腥味的積水裡。

遠遠拋出去的手，看起來像是要伸向什麼東西。

但是，指尖前什麼也沒有。

這個人到底在這麼暗又這麼冷的地方做什麼？

波浪逼向遺體。黃泉之風從大磐石後面吹出來。蝴蝶察覺風中夾雜著妖氣，心驚膽顫地轉身逃開。

白色蝴蝶宛如哀悼般，在遺體周圍翩然飛舞一圈後，沿著水濱往前飛，不久後消失在某處。

看不見應有的未來。
看不見深信會有的未來。
無論如何，就是看不見希望會有的未來。
所以，
為了抓住看不見的未來……

冷到快凍僵了。
在又黑又冷的沉滯之殿中。
懷抱著虛幻的夢。

10

吵吵。吵吵。

吵吵。吵吵。

雷鳴轟隆，紅色閃電撕裂烏雲。

狂風強雨襲擊著四面環海的海津島。

在海津見宮的外廊仰望西邊天空的阿曇，看到雨勢急遽增強，心頭湧現莫可名狀的不安。

這是污穢之雨。因為玉依公主的祈禱中斷，所以地御柱染上了污穢。

阿曇用磐石門和神咒，封住了下去三柱鳥居的石階。儘管通往地御柱的路已經被海水堵住，還是不能對那些黑虫掉以輕心。萬一飛到海面上，有磐石門阻擋，應該也不會飛到這裡。

「應該不會……」

但是，真的是那樣嗎？

阿曇的肩膀微微顫動。

黑虫會在陰氣瀰漫的地方湧現。

上天降下污穢之雨，不斷把污穢拋落在大地與海上。

大地的污穢會讓邪念纏繞地御柱，不久後完全覆蓋，沒有玉依公主的祈禱就不能淨化。

地御柱的污穢，會使遍及全國地底下的龍脈發狂，開始暴動。

數不清的地震證明地龍已經發狂。

望向海的彼方的阿曇，愕然倒吸一口氣。

金色龍從波間跳出來，發出駭人的咆哮聲。

而且，劈落撕裂天空的紅色閃電。

金色龍扭擺身軀，翻轉打滾，濺起激烈的水花，逐漸沉入海裡。

凹陷海面的周圍隆起，大氣劈哩劈哩震盪，海面捲起巨大的龍捲風。

好幾道紅色閃電刺向邊捲起海水四處噴射邊扭動的龍捲風。

轟隆隆的可怕聲音響徹海津島，整座島微微顫抖，海津見宮也在震動。

阿曇正要跑向躺在墊褥上的齋時，厚厚的烏雲發射出來的紅色閃電，直直刺穿了海津見宮的這個房間的正上方。

「齋小姐……！」

碎裂的屋頂被衝擊力拋飛出去，污穢的雨從損壞的破洞如濁流般灌進來。

這時龍捲風的暴風又緊接著飛撲過來。

阿曇的腳被前所未有的強風絆住，身體瞬間飄浮起來。

抓著柱子穩住身體的阿曇，看到蓋在齋身上的外褂被風高高掀起來，大驚失色。

「齋小姐！」

破裂的屋頂被強風掀開，梁木折斷，橫木彎曲，發出嘎吱傾軋聲。

碎片和雨水同時落向躺著的齋。

「危險！」

尖叫的阿曇奔向齋，想用身體掩護齋。

雷鳴在她耳邊轟然震響。

就在雷電的紅色閃光染紅視野的同時，她被劈落的力道擊中，肢體像球一樣被彈飛出去。

不只阿曇。

所有在海津見宮被落雷和龍捲風侵襲的人，都像被什麼攫住般昏迷不醒。

紅色雷電在雲間縱橫穿梭。

降落污穢之雨的雲，逐漸增厚，慢慢逼向天庭。

在現在這個瞬間，世間也有數以萬計的死亡正在增加中。

下一個會是誰？會是自己嗎？

活著的人越是不安、恐懼，污穢就越是充斥。

快讓人凍僵的冷風吹來。

污穢使大地傾向陰，讓世間變得比漆黑的黑暗更晦昧，成為沉滯之殿。

更劇烈的雷鳴轟隆作響，紅色閃光刺穿海津見宮。

整座宮殿受到衝擊，搖晃震動。但是，神使和宮中所有人都動也不動。

雨打在身上，躺著的齋的眼皮突然顫動起來。

失去血色的發白嘴唇哆嗦抖動，用力吸口大氣，胸口上下起伏。

紅色閃電撕裂天空。

「——……」

悄然抬起眼皮的當代玉依公主，在狂亂的雷鳴與閃電中，淋著傾盆大雨，露出愉悅的微笑。

落雷的衝擊一直延伸到被封閉的石階深處。

沒有燈光的無人祭殿大廳一片漆黑。

不絕於耳的波浪聲，夾雜著微弱的翅膀聲。

風從某處吹來。如果有人在那裡，或許會察覺風是來自聳立在海裡的三柱鳥居的內側。

風越來越強。原本微弱的翅膀聲，慢慢變得又大聲又沉重。

沒多久，一團黑雲般的東西，撥開海浪，一個一個湧出來，繞著鳥居飛來飛去。

咇咇。咇咇。

咇咇。咇咇。

不絕於耳的波浪聲，沒多久逐漸被恐怖的翅膀聲吞沒——。

◆　◆　◆

獲得陰陽頭許可的藤原敏次，在滂沱大雨中踏上睽違已久的歸途。

——回崗位前，先回家探望雙親，讓雙親放心，他們一定很擔心你。

這是特地來到倉庫的陰陽頭，開口對敏次說的第一句話。

急著投入工作的敏次，大感意外。但是，仔細想想，的確是這樣。

他匆匆離開陰陽寮，是在快戌時的時候。

這個時間才剛進入黃昏半個時辰，西邊天空通常還會有些許亮光。

現在卻……

他不由得停下腳步仰望天空的瞬間，雷聲霹靂震響，鮮血般的紅色閃光撕裂了雲層。

「哇，好嚇人……」

他穿著從陰陽寮借來的蓑衣，但是，雨勢太大，不太管用。

從稻草間滲進來的雨水，一直滲入直衣，連單衣都濕了。

體溫不斷從脖子和手流失。淋濕發冷的肌膚吹到風，更是冷得受不了。

「也許應該在陰陽寮多待一下……」

沒想到會這麼冷。現在是盛夏的五月半，卻一不留神，就會冷到從體內深處哆嗦發抖。

好不容易才撿回一條命，要是染上流感就完了。

敏次自知還沒有完全復原。

他甩甩吸收雨水後變重的蓑衣，盡可能甩掉水分，繼續趕路。

「哇……」

原本逆向的風，突然變成順風。可能是亂流相互衝撞，可以看到風捲起漩渦，把雨水捲上去。

「是暴風雨吧……」

雨已經下不停了，再颳起狂風就更慘了。

排水不良的右京，恐怕到處都變成水池了。

「還有鴨川……」

長雨加上雨勢如此強烈，周圍的山來不及吸收的水，一定會灌入河川，形成濁流。

不久後很可能發生山崩。

堤防也令人憂心，萬一擋不住濁流而潰堤，就會引發洪水。

仰望烏雲的敏次，眼神嚴峻。

「起碼要祈晴……」

不行，只有皇上能讓持續到現在的雨停下來。

要祈求藏身在雲後面的天照大御神再次顯現，必須靠陰陽頭的祈禱，並獻上皇上的祝詞。

聽說皇上還躺在病床上，而且一天比一天衰弱。

在這種狀態下，不可能舉行儀式。

「不，是我操之過急了……」

敏次斥責自己。

要不要舉行止雨的儀式，必須在殿上人集聚的朝議討論後才能決定。

氣象如此異常，連只是個陰陽生的敏次都會憂心，陰陽頭和陰陽助應該早就在想辦法了。

把雨連同煩惱一起甩掉的敏次，嘆了一口氣。

他知道自己很焦慮。

在發生很多事導致不能行動的那段時間，自己一定慢了好幾步。他沒有跟誰作比較，只是自己認定慢了好幾步。

一直抱持這種心情，遲早會出紕漏，丟人現眼。

「不管了，活著就很好了……」

喃喃自語的敏次，眼神變得黯淡。只要活著，就能做任何事。

啊，對了，要趕快回家，讓母親放心。

暴風拍打在敏次身上，雨滴也如痛擊般從側面撞擊。一般的水滴加上風壓與速度，產生威力，強度大到會感覺疼痛。

敏次採低姿勢，盡可能減少風的阻抗，趕路回家。

與他年齡相差懸殊的哥哥，去世至今已經十多年。

隨著時間流逝，失去感越來越淡薄，但是，胸口宛如破了一個洞的陰鬱惆悵，一定永遠不會完全消失。

「原來如此……」

敏次苦笑起來。

他曾夢過被自己稱為沉滯之殿的陰森場所、充斥著陰氣的皇宮，原來與那些同性質的東西，早就存在於自己體內了。

在那又暗又冷的地方，因為好幾個幸運的重疊，實現了他長期懷抱的虛幻的夢。

但是，在他體內形成的沉滯之殿因此消失了嗎？似乎沒那麼容易。

人的心不可能想怎樣就怎樣。心是自己的，所以全都是莫可奈何的事。

只跟哥哥相處過八年的敏次都這樣了，想必父母的沉滯之殿更深更大。

在這方面，母親尤其明顯。

如果敏次感染最近在京城蔓延的疾病，恐怕母親會先憔悴消瘦。

陰陽博士成親是哥哥生前的知己，似乎在某種程度上也一直關照著哥哥過世後的父母。

不論是在看得見或看不見的地方，總是能發現成親的關懷就在身旁。

「改天要鄭重地向成親大人致謝才行……」

敏次獲救後，成親一次都沒出現過。聽說他是因為某些理由，一直沒去陰陽寮，總不會是哪個家人出事了吧？

敏次握緊了拳頭。

如果真發生了那種事，自己會竭盡全力協助他。

「不過……」

怎麼想都覺得，那個安倍成親不可能陷入需要自己協助的困境。

畢竟那位大哥的背後，有以大陰陽師安倍晴明為首的安倍一族的陰陽師們。

況且，成親的兩個弟弟也絕不會坐視不管。

東想西想中，不知不覺到了家門口。

敏次鬆口氣，這才發現吸滿雨水的蓑衣真的好重。

幸運的是門敞開著。

好久沒回來過的家格外安靜。

「母親，我回來了。」

他往裡面叫喚，但沒有回應。

「母親？您休息了嗎？」

他把蓑衣脫下來，掛在泥地玄關的柱子上，遲疑了一下。這樣走進去，會把外廊弄濕。

思考後，敏次從外面屋簷下，繞到自己房間的外廊，再走進房間，脫掉直衣和狩褲，從唐櫃拿出替換的衣服。

用乾布把臉和頭擦乾，再把衣服連同單衣統統換掉後，全身抖了起來。

在風吹雨打中走回家的敏次，已經冷到超過自己的想像。

「差點凍僵了……」

咬不緊而嘎答嘎答作響的牙齒真的好吵。

邊搓摩手臂邊走出房間往父母寢室走去的敏次，發現屋內異常冰冷。

「怎麼回事……？」

再怎麼樣也不該比外面冷。

不對，不是天冷。

「是空氣冷……」

實在太冷了，冷到讓人懷疑吐出來的氣，會不會像寒冬那樣變成白色。

「母親，您醒著嗎？」

敏次隔著關閉的木門叫喚。

空氣好沉重。只聽見雨聲和不時轟隆作響的雷鳴，沒有其他聲音。

感覺心跳加速的敏次，盡量壓低嗓音，開口說：

「母親，我是敏次，我回來了。您如果醒著，請讓我見見您。」

他聚精會神仔細聽，聽見了輕微的衣服摩擦聲。

「啊……」

紅色閃光劃過，劈哩啪啦的驚人雷聲震耳欲聾。
雷電劈落在很近的地方。
正要再叫喚一次的敏次，就那樣屏住了氣息。
外廊深處不知何時出現了一個身影。
當那個身影掠過視野角落時，敏次的心跳猛然加速。
雷鳴轟隆。
紅色雷光照亮外廊，那個身影陰森森地浮現出來。
敏次不敢往那裡看。
「……」
當他動著嘴唇說不可能時，木門響起嘎噹聲，緩緩打開了。
雙頰凹陷憔悴的母親，用渾濁的雙眼望向敏次。
「怎麼這麼吵，發生什麼事了……」
看到母親的變化那麼大，敏次張大眼睛，說不出話來。
母親面露笑容，對表情僵硬地看著自己的兒子說：
「你都沒回來的那段時間，有件事讓我非常開心。」
腳步聲慢慢靠近。

紅色閃光陰森森地照亮了母親渾濁的眼睛。
「來，你看。」
母親伸手一指的地方，有個不該存在的身影。
「他回來了……」
敏次使勁撐住僵硬的身體，循著笑得很幸福的母親的視線，全力往那裡看。
紅色閃電撕裂天空。那個照亮黑暗的顏色，彷彿要血洗世界。
消瘦的母親蹣跚前進，伸出如枯木般的手。
「答應我不要再去任何地方了。」
母親如燒昏頭般喃喃自語，差點踉蹌跌倒，是不可能再見面的哥哥康史接住她。
康史對愕然佇立的敏次微微一笑說：
「我回來了，敏次。」
雷鳴轟隆震響。
瞬間被紅光照亮的康史，眼睛裡只有黑色。
「啊……」
強烈的警鐘席捲腦海。
沒道理可言的本能在警告敏次。

絕對不能碰觸這東西。
沒錯，這是……
這是那個紅色嚴靈帶來的死亡。

◇ ◇ ◇

是那道紅色的雷，從根之國帶來的。
是那道紅色的雷，從底之國帶來的。

那東西脫離了世間條理。
攪亂了世界的規矩。
是不該存在的現象。
不可以接納。

然而，

在各地，

在所到之處，

在全國，

都湧現喜悅的聲音，夾雜在雨聲中。

回來了。

回來了。

回來了。

回來了。

回來了。

回來了。

從哪回來？
從哪都行。
是什麼東西都沒關係。
想再見一次。
想再見一次。
想再見一次。
不停祈求。
不停期待。
終於實現了。
被允許了。
被誰？
不知道。
我不知道。
不願去想。
因為，你看。

國家圖書館出版品預行編目資料

少年陰陽師．伍拾肆，沉滯之殿 / 結城光流著；涂愫芸譯．-- 初版．-- 臺北市：皇冠，2021.09
面；　公分．--（皇冠叢書；第 4968 種）（少年陰陽師；54）
譯自：少年陰陽師 54：おどみの殿でこころざせ

ISBN 978-957-33-3778-2（平裝）

861.57　　　　110012480

皇冠叢書第 4968 種

少年陰陽師 54

少年陰陽師——

沉滯之殿

少年陰陽師 54
おどみの殿でこころざせ

作　　者—結城光流
譯　　者—涂愫芸
發 行 人—平雲
出版發行—皇冠文化出版有限公司
台北市敦化北路 120 巷 50 號
電話◎ 02-27168888
郵撥帳號◎ 15261516 號
皇冠出版社（香港）有限公司
香港銅鑼灣道 180 號百樂商業中心
19 字樓 1903 室
電話◎ 2529-1778　傳真◎ 2527-0904
總 編 輯—許婷婷
責任編輯—張懿祥
美術設計—單宇
著作完成日期— 2018 年
初版一刷日期— 2021 年 9 月

法律顧問—王惠光律師

讀者服務傳真專線◎ 02-27150507
電腦編號◎ 501054
ISBN ◎ 978-957-33-3778-2
Printed in Taiwan
本書定價◎新台幣 280 元 / 港幣 93 元